Macron sous leur plume…

©2018 Denis Lensel
Editeur BoD – Books on Demand
12/14 rond-point des Champs-Elysées
75008 Paris

Couverture : © Za Droits réservés

Impression : BoD Books on Demand Allemagne

ISBN : 9782322104239

Dépôt légal : avril 2018

Macron sous leur plume

Denis Lensel

Du même auteur :

Le Passage de la Mer rouge, les chrétiens dans la libération des peuples de l'Est, Fleurus 1991

Le levain de la liberté, Régnier 1996

Jean-Paul II vu par..., F-X de Guibert 2001

Insupportables catholiques, F-X de Guibert 2006

« Nous lui devons la liberté », Jean-Paul II et les orthodoxes, Salvator 2008

En collaboration :

Génération JMJ, Fayard 1997

La Pensée unique, le vrai procès, Economica 1998

La Famille à venir, Economica 2000

Les autoroutes du mal, Presses de la Renaissance 2001

Atout Famille, Presses de la Renaissance 2007

A Marie-France

Sommaire

Avant-Propos 11
Mme de Sévigné : *Macron d'Amiens lieutenant général du royaume* 15
Chateaubriand : *Le règne sans partage d'un nouveau Bonaparte* 19
Victor Hugo : *O soldats de 17 !* 29
Balzac : *Eugène Macron de Rastignac* 33
Stendhal : *Comment Fabrice-Emmanuel parvint à s'évader* 47
Emile Zola : *Un champion de la Finance au milieu des ouvriers* 61
Marcel Proust : *Du côté de l'Elysée* ... 79
Georges Bernanos : *Quelle Europe pour quelle humanité ?* 95
Charles de Gaulle : *« La France peut encore vaincre la fatalité »* 105
François Mitterrand : *« Le coup d'éclat récurrent »* 111
Voltaire: *L'Ingénu chez les Enarques* 121
Saint-Exupéry : *Un Petit Prince dans le désert de l'économie* 147

Avant-propos

Un regard historique et littéraire sur Emmanuel Macron

L'arrivée surprenante du jeune Emmanuel Macron au pouvoir, à la faveur du déclin des vieux partis, a été un évènement d'une importance primordiale pour notre pays. Quels que soient ses effets à terme, le gouvernement de la France par cet homme au destin singulier fera date : voilà qui méritait d'être évoqué d'une façon particulière.

En racontant l'aventure personnelle d'Emmanuel Macron à la manière de douze écrivains du XVIIème au XXème siècle, j'ai voulu « croquer » l'itinéraire de ce jeune président avec nos références littéraires autant qu'avec nos repères historiques.

On peut parler de Macron autrement que dans une logique de l'immédiat : j'ai préféré le recul multiplié d'un temps retrouvé au fil des siècles, avec le décalage de la culture et de la fantaisie. Cet essai polyphonique évolue ainsi le long de plusieurs époques avec l'éclairage de mentalités distinctes mais complémentaires.

J'ai cherché à considérer Macron comme l'homme-événement incroyable avec la fraicheur de Mme de Sévigné ; puis, avec la hauteur récalcitrante de Chateaubriand, comme un Bonaparte de l'après Mai 68 ; ou comme un Rastignac avisé, avec l'intérêt indulgent de Balzac ; et, avec la verve romanesque de Stendhal, comme un héros romantique audacieux s'évadant de la forteresse administrative de Bercy sous un quinquennat plombé.

J'ai voulu aussi dépeindre la fondation d'En Marche, instrument de renouveau de la classe politique, avec le lyrisme de Victor Hugo, revécu ici d'une façon burlesque. Puis, avec l'âpreté d'Emile Zola, j'ai décrit ses rencontres avec des ouvriers menacés de perdre leur emploi.

Pour esquisser son portrait et celui de ses électeurs, j'ai choisi le style délicat de Marcel Proust…

Face aux défis éthiques de l'Europe, l'approche spiritualiste de Bernanos m'a semblé précieuse.

Devant les grands enjeux du projet politique d'Emmanuel Macron, je me suis inspiré de l'éloquence de Charles de Gaulle.

Quant au style d'action trépidant du jeune chef d'Etat, j'ai emprunté à la rhétorique de François Mitterrand.

Pour évoquer la France effervescente des migrants et des énarques, le recul ironique du Voltaire de l'*Ingénu* m'a paru adéquat…

Enfin, pour aborder la délicate entreprise de Macron au milieu d'une économie désertifiée, j'ai suivi l'aventure de Saint-Exupéry, père d'un « petit prince » venu d'une autre planète…

Ni pamphlet stérile, ni panégyrique superflu, ce recueil de pastiches a été écrit dans une volonté de fidélité à l'indépendance d'esprit dont ces écrivains nous ont donné l'exemple. Ainsi, dans sa fantaisie, il appelle à la réflexion.

Denis LENSEL

I

A la manière de Mme de Sévigné

Lettre de l'an de grâce 2017 à M. de ***

« Macron d'Amiens va être nommé lieutenant général du Royaume »

La chose la plus inattendue…

A Paris, lundi 15 janvier 2017

Je m'en vais vous mander la chose la plus étonnante, la plus surprenante, la plus inattendue, la plus étourdissante, la plus ébouriffante, la plus époustouflante, la plus inouïe, la plus singulière, la plus extraordinaire, la plus miraculeuse, la plus incroyable, la plus imprévue, la plus rare, la plus logique, la plus difficile, la plus simple, la plus éclatante, la plus secrète jusqu'à ces prochains jours, la plus brillante, la plus triomphante, la plus digne d'envie ; enfin une chose dont on ne trouve guère d'exemples dans les temps passés, une chose que nous avons du mal à croire à Paris, mais que certains ont pu espérer dans leur fief de Picardie ou bien à Lyon..., une chose qui fera frémir tout le monde ; une chose qui en comblera certains parmi les gens de lettres ; une chose qui remplira de consternation les amis de Monsieur de Sablé et les gens de quelques salons de la Rive Gauche, mais qui soulèvera d'espoir le cœur de bien d'autres personnes ; une chose enfin qui se fera le dimanche 7 mai, où ceux qui la verront croiront pour beaucoup d'entre eux avoir la berlue ; une chose qui se fera ce dimanche-là, et qui ne pourra peut-être pas être faite à la saison suivante. Je ne puis me résoudre à vous en donner la primeur, j'aimerais vous la laisser deviner, mais c'est là une entreprise impossible.

Eh bien ! puisqu'il faut la dire, cette chose incroyable, Emmanuel Macron d'Amiens, le jeune contrôleur des Finances qui vient de quitter sa charge, va cependant être nommé…

à quelle fonction ? Je vous le donne en quatre, je vous le donne en dix, je vous le donne en une douzaine. Madame votre épouse dira : Voilà qui est bien difficile à deviner ! Surintendant des Finances ? Point du tout, madame. Secrétaire d'Etat de la Maison du Roi ? Vous n'y êtes pas. Il faut donc vous le dire : Monsieur Macron va être nommé lieutenant général du Royaume, avec le consentement du peuple rassemblé dans ses Etats Généraux, par ma foi ! par ma foi jurée… !

Une cérémonie d'intronisation du nouveau souverain doit avoir lieu dans la cour du Louvre devant les représentants du Tiers-Etat. Voilà un beau sujet de discourir. Si vous vous récriez, si vous soutenez que cela est faux, si vous nous taxez de mensonge ou de fabulation, si vous dites qu'on se moque de vous, que voilà une vaine mystification ; si enfin vous nous accablez d'invectives, nous conviendrons que vous avez raison ; nous en aurons fait autant que vous… Adieu ; les nouvelles qui vous seront transmises par des voies ultérieures vous feront voir si nous disons vrai ou non.

J'espère que j'aurai l'honneur de vous revoir ce printemps, et qu'étant quant à moi tout à fait certaine de mon fait, et quant à vous mieux instruit, je serai plus en état de vous persuader tout ce que vous pensiez que je ne pouvais point vous persuader, tant c'était chose hors du commun.

II

A la manière de Chateaubriand

Le règne sans partage d'un nouveau Bonaparte
Le pouvoir personnel d'Emmanuel Macron

Préparée par la corruption de nos mœurs et par les égarements de notre esprit, la révolution de 1968 avait éclaté parmi nous. Et, dans les années qui avaient suivi ce séisme, on avait renversé l'autorité, la religion et la morale au nom des lois ; on avait renoncé à l'expérience et aux coutumes de nos pères ; on avait renié le testament du tombeau de nos aïeux, seule base solide de tout gouvernement, pour fonder une société sans passé et sans avenir sur les bases mouvantes d'une logique incertaine.

Nous avions laissé une jeunesse estudiantine désoeuvrée et les pires éléments de la populace se répandre au milieu des rues de Paris, dans une atmosphère irresponsable de Saturnales éphémères. Ayant alors perdu toute idée claire du juste et de l'injuste, nous avions confié les clés de notre destinée collective à un lamentable cortège de chefs démagogues. La patrie tombée en de pareilles mains fut bientôt vilipendée, déchirée et couverte de plaies.

Cependant le mot liberté qui semblait alors nous conduire était noble : on ne saurait accuser la liberté des forfaits que l'on commit en son nom. Eclairés par l'expérience, les hommes de bonne volonté, dont l'esprit n'avait point été faussé par des théories empoisonnées, sentirent enfin que le gouvernement monarchique était le seul qui pût convenir à notre pays.

Il eût été naturel de faire appel à un héritier de nos chefs légitimes… Mais les uns craignaient pour leur carrière, les autres pour leurs richesses. Le bien public fut sacrifié à l'intérêt personnel, et la justice à la vanité. Et on préféra l'Europe des banquiers et des fonctionnaires à la France des patriotes et des croyants.

Il fallut donc songer à choisir et à établir un chef suprême qui fût un enfant de la révolution, un chef en qui l'esprit nouveau pactisât avec l'esprit des lois démagogiques, celles de la société libérale licencieuse issue de 1968 et celles des lampions roses de la Convention montagnarde sectaire de 1981.

Emmanuel Macron, ce nouveau Bonaparte, se concilia beaucoup de Français sincèrement attachés à l'intérêt de leur pays, en se déclarant le restaurateur de la prospérité, de l'efficacité et de l'ardeur au travail. Beaucoup parmi les plus sages et les plus clairvoyants y furent trompés. De nombreux Jacobins, Montagnards et socialistes, considéraient Macron comme leur créature, leur continuateur et le chef populaire d'une nouvelle administration moderne et émancipatrice. Et une quantité non négligeable de Girondins, républicains et libéraux, voyaient en ce même Macron leur homme, capable de retrouver les voies de la grandeur de la France, et de libérer l'Etat et l'économie des contraintes bureaucratiques et des pesanteurs sociales qui les avaient entravés jusqu'alors à l'excès… Tout le monde, ou presque tout le monde, espérait en lui.

Après avoir séduit et attiré peu à peu un nombre suffisant de députés dans ces deux camps du Parlement, Emmanuel Ier a presque réduit à néant leurs partis, au profit de sa propre formation politique, « En Marche », au service de son pouvoir personnel d'homme d'Etat ambitieux, autoritaire et intransigeant.

La France entière avait été soumise à l'empire de la propagande : journaux, brochures, discours officiels, tout a déguisé ou masqué la vérité.

L'ambiguïté régnait en maîtresse dans les discours publics : le nouveau Bonaparte prétendait y promouvoir les valeurs de tous les systèmes de philosophie politique en cours à notre époque, et il préconisait « en même temps » divers remèdes et leurs antidotes à tous les maux de notre malheureux pays. Il souhaitait satisfaire de la sorte tous ses compatriotes, dans l'espoir de n'en décevoir aucun et de tous les séduire par son verbe enjôleur.

Héritage funeste de longues années de gabegie bureaucratique, l'administration la plus dispendieuse d'Europe avait englouti une partie considérable des revenus de l'Etat. Des armées de fonctionnaires du fisc et de douaniers dévoraient le produit des impôts qu'ils étaient chargés de lever. Le moindre secteur de l'administration avait sécrété des protubérances inutiles et coûteuses : on ne comptait plus le nombre des commis attachés à vie à l'Etat.

Si stérile en matière de stimulation de l'économie, l'imagination du régime des Jacobins socialistes avait été débordante en matière de fiscalité. Sans cesse on avait créé de nouveaux impôts. Malgré de fallacieuses promesses, la situation ne s'améliora guère.

Formé jeune à l'école du théâtre, Emmanuel Ier tient beaucoup du comédien. Il joue souvent, jusqu'aux passions qu'il ne ressent pas : il est toujours sur un théâtre…

Le soir de son intronisation de jeune président, dans la Cour carrée du Louvre, perché sur la tribune d'une estrade devant l'étrange tétraèdre de verre d'un architecte asiatique, ce nouveau Bonaparte était à deux doigts de lancer à ses troupes de militants et d'admirateurs : *« Du haut de cette pyramide, un quart de siècle vous contemple »*... Expert en mise en perspective et en dramaturgie, il venait de faire une entrée en scène spectaculaire, en entrant seul dans cette cour, en frac, à pied, cheminant un long moment dans la pénombre, avant d'arriver sous les feux des braseros, et sous les yeux de ses partisans éblouis, pour couronner le premier aboutissement de l'aventure conquérante de son mouvement « En Marche ».

Tantôt, Emmanuel Ier prend la pose d'un prophète inspiré, tantôt, celle d'un philosophe, lui qui a fréquenté le penseur Paul Ricoeur, un libre interprète de la Sainte Bible. Ses scènes sont préparées d'avance. Il en est à la fois l'auteur, le régisseur et l'acteur principal.

Cependant, Macron entre dans son destin national : il avait eu besoin des Français, les Français vont avoir besoin de lui, les événements l'avaient produit, il veut façonner les événements.

Sous le directoire du Conventionnel Hollande de Tulle, Macron a traversé ces épreuves qui sont imposées aux natures supérieures avant que leurs contemporains les reconnaissent pour ce qu'elles sont, contraintes d'abord de s'humilier et de ronger leur frein sous les médiocrités dont le parrainage leur est nécessaire et donc inévitable.

Mais ensuite, se mettant en marche, il a pris son élan avec quelques compagnons pour traverser un pont d'Arcole à un rythme trépidant, sous une mitraille de sarcasmes et sous une canonnade de procès d'intention. C'est ainsi qu'à la manière d'un nouveau César, il a franchi le Rubicon de l'Etat-PS, pour atteindre les rivages du pouvoir.

Une fois installé sur le siège du Prince, Emmanuel Ier a réuni les parlementaires à Versailles, sous les ors de la monarchie absolue d'antan, pour leur exposer fièrement les grandes lignes de sa politique. Peu après, il y recevait avec quelque hauteur l'empereur de toutes les Russies, en s'efforçant de traiter avec lui d'égal à égal. En plein Paris, il prodigua d'insolites oraisons funèbres : ce fut à l'occasion du décès d'un écrivain émérite issu de l'aristocratie libérale, puis d'un grand chanteur fêté par le petit peuple arrivé en masse, à pied ou à cheval, sur des destriers fumants amenés d'Amérique. Puis il alla commercer avec l'Empire du Milieu, où des mandarins, pour flatter sa vanité, transformèrent son nom, le comparant à un cheval intrépide qui dompte un dragon.

Quelque temps auparavant, il s'était transporté par la voie des airs en Grèce, dans la cité de Périclès : esprit ambitieux, il y prôna impérieusement une nouvelle voie d'instauration de la démocratie, parlant d'un ton olympien à tous les peuples de l'Europe, depuis l'antique colline de la Pnyx, ce parvis de la divine Acropole illuminée derrière lui.

Toutefois, s'il voulait vraiment se comparer à Jupiter, ce jeune potentat s'est mépris et sur lui-même, et sur cette époque du monde, et sur la religion : aujourd'hui plus que jamais, il est vain de chercher à se faire passer pour un dieu.

III

A la manière de Victor Hugo
O Soldats de 17 !
Une nouvelle génération politique

O soldats de Dix-Sept ! Victoire inattendue !
Contre ces vieux partis, leur force prétendue,
Partisans de Macron,
Vous partiez à l'assaut des grandes citadelles,
Contre leurs longs discours, leurs fiefs et leurs tutelles,
Au prix d'un dur affront.

Contre ce Parlement avec ses chefs de groupe,
Avec ses députés se réchauffant leur soupe
Dans leur circonscription,
En Marche, ils avançaient, entrant dans la carrière
Quand leurs aînés flétris faisaient encore affaire
Aux frais de la Nation.

Partout, à l'Est, à l'Ouest, à Marseille ou à Lille,
Formant leurs bataillons à un rythme fébrile,
Criant à pleins poumons,
Sans repos, sans répit, et bientôt presque aphones,
Ils soufflaient, fiers, joyeux, dans de grands mégaphones,
Ainsi que des démons !

Leur avenir sublime emplissait leurs pensées,
Places prises d'assaut, frontières effacées,
Sous leur pas conquérant,
En France, tous les jours, c'était une merveille,
Shows, rencontres, débats, Castaner à Marseille,
Et Collomb à Gerland !

Battant la droite extrême, on culbutait le centre
Jusqu'à son aile gauche enfoncée dans son antre.
On allait ! En avant !

Et l'un offrait la paix, et l'autre ouvrait ses portes,
Et les sièges, roulant comme des feuilles mortes,
Se ramassaient au vent !

Les reporters venaient en troupes amassées,
L'œil plein d'éclairs, médias aux caméras dressées
Devant ce tourbillon,
Ils crayonnaient, debout, ardents, dressant la tête,
Après s'être jetés dans un vent de tempête
Contre François Fillon.

Vous, dans l'emballement de vos luttes épiques,
Ivres, vous savouriez des moments héroïques,
Enfants de Mitterrand,
La Marseillaise ailée dans de jeunes poitrines,
Le sigle de Macron, les slogans des vitrines,
Et ton rire, ô Ferrand !

Et Macron leur criait : Militants, volontaires,
Marchez, faites voter les citoyens, vos frères !
D'accord, ils disaient oui.
- Allez, mes chers amis, mes candidats imberbes !
Et l'on voyait marcher ces débutants superbes
Dans un monde ébahi.

La routine et la peur leur étaient inconnues.
Candidats, ils auraient bien marché sur les nues
Vers le Palais-Bourbon,
Si, dans la nuit du Louvre, au seuil de la Grande Arche,
Ils avaient vu près d'eux la République En Marche
Montrant le Panthéon !

IV
A la manière de Balzac
Eugène Macron de Rastignac
D'un enterrement à un avènement

Emmanuel-Eugène Macron de Rastignac a fait ses premiers pas en politique après avoir fait preuve d'un touchant dévouement au chevet d'un vieillard à l'article de la mort à Paris, rue de Solférino.

I

Vite alarmants, les symptômes qui se déclarèrent dans cette vieille pension chez le malade, le Parti de la Rose au poing, exigèrent des soins continuels, dont seuls des jeunes professionnels d'un dévouement et d'une compétence hors pair étaient capables.

Mais l'avis des praticiens qui avaient été consultés de toute urgence dans leurs agences de notation à Bruxelles et jusqu'outre-Atlantique fut qu'« il vaudrait mieux que le responsable d'une telle gestion de l'Etat quitte promptement ses fonctions »… Ainsi alerté, Macron de Rastignac évoqua le sort de ce responsable : il s'agissait, comme chacun sait, d'un ancien conseiller référendaire à la Cour des Comptes devenu le fondé de pouvoir de la Maison Mère des Jacobins socialistes, François du Limousin.

Devant la désaffection et l'indifférence que le grabataire politique inspirait à ses proches, le jeune homme vit le monde comme un océan de boue, dans lequel on risquait de sombrer corps et biens si on se laissait dominer par ses sentiments.

Lors d'un voyage à Bruxelles, au sein d'une honorable assemblée internationale de commissaires de la politique et de la finance, on lui déclara en gage d'amitié qu'on penserait à lui, qui avait paru bon et noble, jeune et candide, digne et capable d'inspirer confiance, au milieu de ce monde où ces qualités sont si rares. Dorénavant, il se sentait prêt à faire quelques sacrifices pour mener à bien sa carrière personnelle.

Aussi Macron de Rastignac prit-il la résolution de se mettre en marche vers une autre ambition, pour se forger une destinée loin d'un microcosme fait d'attachements inutiles.

A présent, même si la mort restait lente à se déclarer dans le vieil organisme socialiste français, ce n'était plus qu'une question de semaines. Et même s'il s'y manifestait encore çà et là des symptômes de raison, c'était désormais un attachement passionnel et purement illusoire à des espérances chimériques qui prévalait dans les allées désertées de ce pouvoir devenu fantomatique.

Depuis longtemps, un organisme qui distribuait autant de prébendes à ses associations filles était à soigner. Désormais, faute de lui avoir prodigué à temps les soins nécessaires, il ne restait plus qu'à préparer son enterrement : c'est ce à quoi Emmanuel Macron de Rastignac s'est employé avec une efficacité prodigieuse, sans ménager ses efforts, avec ses amis de la « République en marche ».

Le vieil appareil socialiste crie et se débat, protestant contre l'ingratitude de ses filles écologistes, vertes, capricieuses et immatures. Il en est réduit à se lamenter en de stériles jérémiades, dénonçant le principe de ces marchés de dupe que sont, déclare-t-il, les douteux « mariages » des apparentements et des alliances politiques avec de jeunes loups aux dents acérées. Des « mariages » qui enlèvent les enfants. Et ceux-ci alors ne sont plus présents pour assister les fondateurs de leur maison-mère sur leurs vieux jours, dans les déboires électoraux des grands soirs.

Macron de Rastignac n'a pas voulu perdre son temps dans les classes poussiéreuses de l'école des Primaires, même avec à la main l'invitation de la « Belle Alliance populaire » … Il est donc descendu en marche de l'omnibus poussif de la Rue de Solférino à l'équipage essoufflé. Il avait prévu l'arrivée de la station finale du Père Lachaise pour le terrible calvaire des derniers adeptes de l'Union de la Gauche, et il s'était ménagé un avenir plus fécond.

Un des privilèges du Tout-Paris de la vie politique et de la chronique des journaux, c'est qu'on peut y naître, y vivre, et surtout y mourir sans que personne ne fasse attention à vous. Il n'y a guère de gens pour s'apitoyer sur ces hécatombes parisiennes qui frappent de temps à autre un club ou un cercle particulier.

Enterré sans faste aux frais de quelques militants, tel devait être le destin tragique de ce vieux parti socialiste à l'organisme usé par tant de mécomptes, d'abus, de revers de fortune et de déboires électoraux.

Après avoir assisté aux derniers moments du PS, Macron de Rastignac partit contempler la Place de la Concorde, la Cour carrée royale du Louvre avec sa pyramide et la perspective grandiose de l'alignement des arches, depuis le monument napoléonien du Carrousel jusqu'à la Grande Arche mitterrandienne de la Défense en passant par l'Arc de Triomphe de l'Etoile. Et il lança en son for intérieur : « A nous deux, maintenant ! »

Le moment était venu pour lui de se mettre en marche.

II

Sous des apparences de dandy, Eugène-Emmanuel Macron de Rastignac n'était pas un viveur ni même un dilettante. Après avoir poursuivi des études éclectiques de philosophie, de droit et de finance, il était rapidement entré dans une carrière sérieuse, la banque d'affaires, avec l'appui du baron de Nucingen-Rothschild. Il avait su y faire ses preuves, et s'y faire remarquer comme un homme de confiance auprès des cercles les plus influents de l'économie mais aussi de la politique. Il y avait conquis l'atout de la réputation professionnelle de ce métier, que des observateurs cyniques mais lucides avaient défini sans fard comme celui d'une *prostituée couronnée…*

Ainsi, il put entamer ensuite une brillante carrière politique qui le mena très vite aux portes du pouvoir, avec l'aide de François du Limousin, le président du Conseil.

Celui-ci l'aida à suivre son propre chemin, avant de devoir lui céder la place, constatant bien tard que son poulain souriant était devenu un dauphin frémissant d'impatience, puis un implacable rival.

Le jeune Eugène-Emmanuel évoluait avec une aisance redoutable dans la faune politique des tigres royaux qui, parfois, font à leur vis-à-vis la faveur exceptionnelle de velouter leurs pattes en rentrant leurs griffes, mais qui, toujours, se tiennent prêts à bondir pour atteindre leur but, rapides comme l'éclair.

Il avait vite compris que dans la vie politique chaque idée à son envers et son endroit, et qu'ainsi tout engagement sage et mûrement réfléchi doit posséder une dimension bilatérale. Il excella dans l'art d'attirer par ses propos *en même temps* des adeptes de la gauche et des adeptes de la droite, des orléanistes du « Parti du Mouvement » et des légitimistes du parti conservateur. Certes, il prenait le risque de provoquer ultérieurement l'amère déception de tous ces auditeurs, les uns et les autres se jugeant à terme abusés. Mais d'avoir d'abord suscité leur adhésion, voilà qui servit grandement son entreprise de conquête du pouvoir.

Macron de Rastignac avait appris que les partis sont ingrats envers leurs vedettes, et qu'ils abandonnent volontiers leurs enfants perdus. Aussi il préféra créer lui-même sa propre formation. Il lui attribua une dénomination héroïque et exaltante, « En Marche », digne des grands ancêtres de la Révolution et des volontaires qui coururent aux frontières pour défendre la Patrie en danger…

Sous le signe du moulin de Valmy et de la grande épopée du jeune général Bonaparte et de l'empereur Napoléon, il fit se lever en masse une nouvelle génération de citoyens militants qui forma ses bataillons d'électeurs. Ceux-ci envoyèrent une majorité de députés au corps législatif pour lui apporter un soutien dans son entreprise de restauration de l'Etat, sur les décombres des vieilles factions de l'Ancien Régime, que lui, Macron, lecteur avisé de Machiavel, avait réussi à supplanter et à réduire, par un de ces coups d'essai que le destin transforme en coups de maître.

Un soir à la nuit tombante, le Prince Eugène-Emmanuel rassembla ses troupes victorieuses au pied de la Pyramide du Louvre. Fixant la perspective ascendante des trois arcs de triomphe du Carrousel, de l'Etoile et de la Défense, à deux pas de l'Obélisque ramenée de la glorieuse campagne d'Egypte, il les assura qu'en ce lieu parcouru par leur histoire, le monde entier les regardait. Sous les feux des braseros, au son de l'Hymne à la Joie, ils en furent heureux, jubilant d'une fierté nouvelle.

Ainsi devenu grand régent de France, Eugène-Emmanuel Macron de Rastignac reçut en grande pompe l'empereur de Russie Vladimir Ier. Ensuite, il réprimanda sévèrement le gouvernement polonais comme un mauvais sujet rétif aux règles de Bruxelles. Puis il se rendit fièrement en Grèce pour y exposer ses vues sur le salut des peuples de l'Europe, prenant la parole à Athènes, l'auguste cité de Périclès, devant le Parthénon, sous l'inspiration des Muses et des philosophes de l'Antiquité. Il sut aussi tenir tête au Grand Turc, lui enjoignant de renoncer au vieux rêve hégémonique de l'Empire ottoman et de ne pas envoyer de Cheval de Troie à l'intérieur de la vieille Europe. Puis il partit négocier avec l'Empereur de Chine, dont les courtisans l'appelèrent « Ma-ke-Long », faisant de son nom une dénomination asiatique évoquant un cheval affrontant un dragon. Enfin, il se rendit aux Indes, où on le reçut avec les égards dus à un Maharadjah.

Dans son pays, après avoir réformé par ordonnances le Code du Travail, Macron stigmatisa les fainéants et dénonça les factieux. Avec l'aide d'un grand maître de l'Université, il recommanda que l'on enseigne correctement à lire et à écrire aux écoliers français, en suivant des méthodes pédagogiques judicieuses et éprouvées.

A Paris, un jour d'hiver, il rendit un hommage solennel au défunt doyen de l'Académie française après avoir posé un crayon symbolique sur son cercueil. Le lendemain même, il honorait la mémoire du chanteur le plus populaire du pays, en des adieux émouvants, sur les marches de l'église de la Madeleine, devant ses admirateurs éplorés, massés jusqu'à la place de la Concorde.

A l'orée du printemps, devant une foule bouleversée, il fit l'éloge funèbre d'un officier français héroïque, mort sous les coups furieux d'un Maure fanatique pour avoir délivré de ses mains une femme sauvagement prise en otage au cri d'« Allah est grand » près des remparts de Carcassonne. Avec une vibrante éloquence, il dénonça les agissements souterrains de « l'hydre islamiste », et exalta la force d'âme et le courage sublime de ce gendarme qui avait fait le sacrifice de sa vie.

En outre, avec un bonheur partagé par son peuple, il avait décrété l'ouverture prochaine des Jeux olympiques à Paris. Il conviait d'avance le monde entier à cette rencontre sur les rives de la Seine.

V

A la manière de Stendhal
Comment Fabrice-Emmanuel parvint à s'évader…
Macron, un héros romantique

Enfermé dans la redoutable forteresse de Bercy que gardaient des piquets de douaniers, Fabrice-Emmanuel Macrone del Dongo, placé au service du Prince Batavio de l'Etat de Paris, se jugeait condamné aux travaux forcés par le grand argentier du souverain, Michele Conifero. Sous l'œil d'aigle de ce fiscal général, il se savait étroitement surveillé par les affidés du prince et par les grands commis de ce bastion imposant, dans le carcan d'un quinquennat plombé par la médiocrité et la jalousie.

Toutefois, fort heureusement, la duchesse Sanseverina ne voulait pas abandonner

Fabrice-Emmanuel à ce sinistre sort : tout en l'avertissant des embûches fomentées au sein du parti du prince, des intrigues de la Cour de Paris et des pièges des joutes du Parlement, toutes choses dont elle se tenait désormais avertie, Gina Angelina Brigida Trognosa Valserra Pietranera se languissait de le sentir dépérir peu à peu, à compter les heures et les jours à longueur de préparatifs d'interminables débats budgétaires.

La Sanseverina couvait Fabrice-Emmanuel de ses yeux qui dominaient déjà la Cour de Paris de l'éclat incomparable d'un azur sublime. Quand elle le voyait, son regard étincelait jusqu'à devenir incandescent et brillait de mille rayons ardents, comme pour entretenir la flamme née dans le cœur de ce nouveau Jupiter révélé sur l'Olympe dans une splendeur apollinienne. Pour elle, il fallait à tout prix qu'il s'évade de cette prison d'Etat, où comme par les lourdes chaînes de la prison du Spielberg, sa liberté d'action était entravée par le poids de longues années de pesanteurs administratives indues et de déficits accumulés par d'autres que lui. En outre, cette indigne situation proche de la banqueroute, aggravée par l'incurie des intendants précédents et par l'inconscience des courtisans des princes successifs, exposait le jeune Macrone del Dongo à la vindicte populaire des sujets du prince accablés par des impôts et des taxes qui ne suffisaient plus à remplir le tonneau des Danaïdes de la dette publique.

Aux yeux charmants mais exigeants de la duchesse, il était impératif que Fabrice-Emmanuel retrouve son indépendance, pour se mettre résolument en marche sur la route de son destin personnel, à l'aube d'un printemps riche en promesses fécondes.

Auparavant, en le formant à l'école des astres, les bons maîtres du collège des jésuites de sa province septentrionale lui avaient appris à repérer les signes qui permettent de prévoir et de comprendre l'avenir. Il avait su ainsi peu à peu distinguer les astres vivants des astres morts de la politique. Ce précieux savoir-faire lui avait permis de se faire des amis utiles et puissants, en déclarant à qui voulait l'entendre qu'il n'était pas de ces Jacobins et de ces Montagnards acharnés à confisquer les moyens de production des manufactures privées. A l'opposé de l'étroitesse de ces petits esprits, Fabrice-Emmanuel s'était déclaré à maintes reprises en faveur de la libre initiative des citoyens, qu'il indiquait comme la voie d'un avenir fructueux pour la société. Il considérait que le contrôle exclusif des fonctionnaires de l'Etat ne pouvait que transformer l'économie en une pitoyable peau de chagrin vouée à un complet dépérissement.

Ainsi, il s'était facilement distingué des ternes hiérarques et des courtisans alanguis du parti du prince Batavio, qui effarouchaient les bailleurs de fonds par des discours utopiques ou vindicatifs : ces hommes voulaient rivaliser d'éloquence avec un émule du poète Ferrante Palla, Gianni Luca Melenchon, un tribun ibérique au sang chaud. Homme d'une certaine prestance mais quelque peu lunatique, curieusement vêtu d'un pourpoint au col sans revers d'une facture orientale, Melenchon ameutait des foules de désespérés et de factieux en jurant de les libérer définitivement du joug des puissants de ce monde et des contraintes corruptrices de l'argent.

De surcroît, Fabrice-Emmanuel Macrone avait quelque peu fréquenté le philosophe Paolo Ricordo, un penseur issu d'une famille huguenote qui avait beaucoup médité sur la mémoire et l'histoire, et qui rappelait, au diapason de la Sainte-Bible, que « l'amour est aussi fort que la mort ».

Il avait aussi fait la rencontre d'un grand politique républicain qui fut un grand féodal du Prince Francesco le Florentin avant de s'en séparer par principe, Gianpietro Chevenamento, un homme intègre et un patriote intransigeant. Il acquit ainsi une haute idée de la mission d'un homme d'Etat.

Quand il était encore détenu à Bercy, sous l'œil vigilant de Michele Conifero, Fabrice-Emmanuel se trouvait à deux pas de la tour Farniente où sévissaient le plus souvent des personnages peu efficients mais jaloux de leur pouvoir, qui avaient formé de sombres desseins à son encontre : ils méditaient de mettre une fin prématurée à sa brillante carrière en l'empoisonnant le plus possible. Mais dans l'entourage du prince Batavio, le plus virulent était le laborieux Manuel Ticinio-Valles, marquis de Barça, un personnage fougueux qui s'enflammait facilement : Valles prenait toujours ombrage des initiatives de celui qu'il considérait déjà comme son jeune rival. Il roulait des yeux furieux dès qu'il l'apercevait dans l'entourage immédiat du prince, et ne laissait pas de prédire son échec en toutes matières. A une certaine époque, sous l'influence de ces propos complaisamment relayés dans certaines gazettes, tout le monde dans Paris annonçait la mort politique prochaine du jeune Macrone… Tant chez les libéraux que dans les cercles jacobins, contrariés dans leurs plans par son brio, on ne parlait alors de lui qu'avec les mauvais petits procédés de l'envie. Et avec les atroces mépris des camarillas, on ne laissait pas de brocarder l'esprit hasardeux et chimérique qu'on lui prêtait à loisir.

Le chef du parti du Prince, Giovanni Cristoforo Cambadelis, un baron campé dans son pré carré malgré les signes avant-coureurs d'un proche déclin, n'entendait pas lui non plus faciliter l'essor de Fabrice-Emmanuel… Pas plus qu'Arnaldo Monteborgo, un ambitieux flamboyant expert en déclarations fracassantes, en moulinets et en coups d'épée dans l'eau, encouragé dans ces exploits par la comtesse Aurelia Filipetti, une fougueuse pasionaria. Tous ces seigneurs de la Cour faisaient circuler des libelles et des pamphlets contre Macrone del Dongo, dans l'espoir de le discréditer et de précipiter sa perte. Telle était l'œuvre d'ennemis aux manœuvres insidieuses.

Dans son âme tendre et passionnée, Gina Angelina Brigida s'était émue très tôt de la sourde conspiration de cette cabale furieuse : elle tint à mettre en garde Fabrice-Emmanuel contre le danger de mort politique qui le menaçait, du fait de la haine vigilante qui l'entourait. Mais loin des complots ourdis contre lui dans les méandres ténébreux de la Seine, à quelques centaines de lieues de la capitale enfoncée dans sa routine et dans ses intrigues mortifères, le jeune marquis Macrone del Dongo trouva un appui précieux en la personne du grand prévôt de la métropole transalpine de Lyon, Giraldo Collombo, un habile transfuge du parti du prince : celui-ci lui déclara qu'il était prêt à l'aider à fuir les étouffantes et périlleuses pesanteurs de la cour de Paris, puis à se mettre en marche à ses côtés. Dès à présent, en territoire lyonnais, à deux pas du Piémont, Fabrice-Emmanuel était en toute sécurité, lui assura Collombo, en homme sûr de son fait.

Lors de sa détention au siège central de la haute administration fiscale du Prince, Fabrice-Emmanuel recevait à des intervalles réguliers des signaux d'encouragement de la Sanseverina : alors que celle-ci tremblait encore naguère pour sa sécurité, souhaitant qu'il embrasse plutôt la carrière d'écrivain, désormais son vœu le plus cher était qu'il livre combat pour prendre le pouvoir dans la République de l'Hexagone. A cette fin, elle se rangea hardiment à ses côtés, avec un enthousiasme qui fit d'elle une combattante redoutable et farouche. D'allure toujours jeune, brillante, légère comme un oiseau, elle se sentait des ailes pour voler au secours de son compagnon, et accomplir des missions de confiance à son service.

Ces amis très chers firent parvenir à Macrone de nombreuses ficelles et de précieux tuyaux pour faciliter cette évasion acrobatique hors du carcan tyrannique du labyrinthe administratif de Bercy aux couloirs étroits et tortueux. A l'image d'Ariane, la duchesse veillait à ce que son bien-aimé ne perde pas le fil de son avenir.

Dès qu'il parvint à sortir sans encombre de cette forteresse inexpugnable, Fabrice-Emmanuel fut saisi avec enthousiasme par plusieurs compagnons vigoureux qui l'emmenèrent au loin, au grand galop, afin qu'il puisse respirer plus aisément et réfléchir en toute quiétude à des lendemains meilleurs pour tous. A la tête de cette escouade de marcheurs résolus, Riccardo Ferrando et Cristoforo Castanero se distinguaient par leur allant pour fédérer les énergies avec le soutien de Giraldo Collombo, du jeune et inventif Ismailo Emiliano et de l'habile économe Giovanni Pisani-Ferrari, parmi une pléïade de jeunes talents. Au premier rang de ceux-ci, tous distinguaient avec admiration un brillant mathématicien et géomètre aux dehors excentriques, maintes fois couronné par ses pairs à travers toute l'Europe et reconnu jusque dans les Amériques, Cedrico Villani.

La Sanseverina avait retrouvé Fabrice-Emmanuel mûri et déterminé à Belgirate, sur l'autre rive du Lac Majeur, loin des embûches, des poisons et des délices vénéneuses de la Cour du Prince. Cette nouvelle rencontre était empreinte d'une gravité qui le disputait à la félicité : elle se produisait à un tournant de leur vie devant le vaste miroir des eaux qui reflétaient la course du soleil triomphant, dans le ciel sans nuage des Alpes méridionales.

Désormais, de fréquents rendez-vous eurent lieu avec leur cercle d'amis fidèles dans une auberge, sur la colline verdoyante du Montparnasse, la Rotonda : cet endroit où l'on brassait de la bière fraiche mais aussi des idées neuves sous les ombrages des platanes, des pins parasols et des pergolas se révéla propice à la bataille de l'accession au pouvoir. Tous deux s'y retrouvèrent régulièrement avec leurs confidents pour de discrets et précieux conciliabules.

Porté à la tête du groupe de ses compagnons et des amis de la duchesse afin de ménager un avenir à la République dont ils rêvaient tous, Fabrice-Emmanuel se résolut à prêcher aux citoyens aspirant à une vie meilleure. Dès ses débuts, ses effets d'orateur sacré de la vocation universelle de l'homme furent sans exemple. Il se livrait à des moments d'inspiration passionnée devant des auditoires éblouis. S'oubliant soi-même, il acheva son premier discours les bras en croix, dans un état d'exaltation sublime, presque extatique. La Sanseverina lui prodigua avec une docte sagacité maintes observations assorties de conseils de modération. Bientôt le public ravi s'aperçut que son talent s'était affermi, de même que sa voix qui avait trouvé sa juste mesure.

Cependant, dans cette vision d'avenir, il fallait ébaucher quelques projets de réformes pour susciter davantage l'adhésion du peuple. On dut aussi ferrailler contre les clans adverses de la cour : il importait en particulier de lutter contre celui de la marquise Hidalgo-Raversi, qui régnait sans partage sur l'administration de la ville, prétendant régenter d'une façon drastique la circulation des calèches et bannir sans pitié les romanichels des foires. Mais dans le feu des controverses, Fabrice-Emmanuel s'entendit rappeler ce mot de Napoléon, « un homme placé dans un lieu élevé, et que tout le monde regarde, ne doit point se permettre de mouvements violents ». Plus tard, hissé au faîte du pouvoir, Macrone del Dongo aurait eu avantage à se souvenir de cette sage consigne dans ses relations avec le chef d'état-major de ses armées.

Toutefois, Fabrice-Emmanuel était soutenu de longue date par le savant philosophe Giacomo Attali, qui avait fondé un observatoire téléscopique de l'univers infini et projetait déjà de jeter les bases d'une société nouvelle, où l'on bâtirait le meilleur des mondes pour les siècles à venir. Libéré pour un moment des contraintes des comptes de l'Etat, le jeune marquis Macrone del Dongo pouvait désormais mûrir à loisir un projet grandiose. Avec la grâce du suffrage populaire, l'avenir lui appartenait.

VI
A la manière d'Emile Zola
Un champion de la finance au milieu des ouvriers
Macron devant les défis du dialogue social

I

La journée du 26 avril fut rude pour le jeune Eugène Grandin-Macron, brusquement plongé dans une rencontre houleuse avec une foule rongée par une angoisse qui la prenait aux entrailles. Ces derniers mois étaient devenus tragiques pour les ouvriers du bassin industriel de la Picardie sinistrée par un chômage massif.

Dès le début de cette journée, la fièvre avait monté aux alentours de l'usine. Le matin même, les déclarations intempestives d'un vieux conseiller du candidat à la présidence du Conseil des ministres, proférées au sujet des trois cents ouvriers menacés de perdre leur emploi par la fermeture de leur établissement, avaient mis le feu aux poudres : avec une grande désinvolture, cet éminent personnage, haut fonctionnaire longtemps très écouté des gouvernements et des banquiers, avait évoqué ce drame comme « une anecdote ». Ce terme laconique avait été ressenti comme une insupportable marque de mépris, comme une gifle par les métallurgistes et par leurs familles. Pour ces malheureux dont la vie était guettée par le spectre de la misère, dont l'existence risquait ainsi de basculer d'un jour à l'autre dans le néant, cette perspective n'avait certes rien d'anodin. Leur avenir pouvait se terminer dans le désespoir d'une impasse lugubre, sans la moindre issue. Cela se traduirait par une série de fléaux s'abattant sur eux en chaîne : faute de travail, ils perdraient vite leur logement, et bientôt ils ne pourraient plus subvenir aux besoins de leur famille...

Ainsi, à entendre qualifier d'anecdotique le cauchemar qu'ils vivaient, ils éprouvaient un incoercible sentiment de révolte. Que l'on évoque aussi négligemment les effets dévastateurs de ce fléau qui sacrifiait leur travail, voilà qui les indignait au plus haut point.

Les mâchoires de tenailles gigantesques capables de broyer les cohortes laborieuses des ateliers avaient resserré leurs pinces dans un mouvement inexorable, insensible à la détresse humaine. Une firme américaine, en transplantant son usine aux confins orientaux de l'Europe, pouvait ruiner des centaines de familles d'ouvriers et d'employés et entraîner le déclin d'un bassin industriel français. Tout se tenait, une secousse lointaine suffisait à ébranler le monde.

Les vagues de licenciements se succédaient à une cadence accélérée depuis plusieurs décennies pour ronger et démanteler le tissu industriel de cette région du Nord de la France. C'était comme des tempêtes répétées qui auraient jeté les énormes paquets de mer de leurs lames de fond contre les falaises friables des côtes de la Manche, en provoquant des éboulements et des glissements de terrain. La seule réponse que trouvaient alors les ouvriers des usines était la grève, qu'ils rêvaient d'utiliser comme une arme de dissuasion préventive.

A l'annonce des fermetures de sites industriels, la fureur longtemps contenue montait dans les esprits : elle jaillissait soudain, se répandant comme une coulée de lave sortant d'un volcan en fusion. C'était l'expression du malheur des prolétaires angoissés, exaspérés à l'idée d'être emportés dans un maëlstrom économique, un tourbillon fatal capable de les engloutir à jamais dans l'abîme du néant social. Dans cette région déjà gravement blessée par la sclérose redoutable de la récession, où des familles entières comptaient au sein de leurs foyers dévastés jusqu'à plusieurs générations de chômeurs, cette perspective de retomber dans le vide de l'inactivité absolue avait quelque chose de vertigineux. Devant l'orifice béant de la trappe à pauvreté, on ressentait une souffrance intolérable, avec la montée d'un profond désespoir qui obstruait l'avenir.

Dans ces conditions, la maladresse inouïe des propos du vieux conseiller d'Eugène Grandin-Macron avait produit l'effet d'une étincelle près d'un baril de poudre.

II

Flairant une occasion de se camper en avocate du peuple, la représentante du parti de l'opposition nationaliste, Madelon Le Floch, une Bretonne impétueuse, virtuose du répertoire des discours des tribuns de la plèbe, arriva au milieu des ouvriers d'Amiens. Elle surgissait de son fief voisin d'un bassin minier désormais fermé. Elle en avait fait au fil des ans une place forte de son électorat, majoritairement formé de bataillons d'anciens mineurs devenus pour la plupart chômeurs de père en fils ou travailleurs précaires, et passés souvent par familles entières du vote communiste à un suffrage massif en faveur du Ralliement national des patriotes, devenu le nouveau parti des déshérités.

Madelon Le Floch était escortée d'une escouade de militants politiques jubilants. Ils étaient venus avec des bidons de café brûlant et des petits pains, qu'ils distribuèrent autour d'eux. Dès son arrivée sur place, aux abords de l'usine du Blanc Tourbillon, elle se répandit auprès des grévistes en jugements définitifs sur la situation présente et en promesses rassurantes pour un avenir meilleur. A ses yeux, une seule solution se présentait, le rachat de l'entreprise par l'Etat, cette panacée universelle des landes désolées de l'économie en crise. Elle fut applaudie par beaucoup de ceux qui l'accueillaient, et fut même embrassée par plusieurs ouvriers enthousiastes, qui voyaient en elle l'instrument de leur salut collectif.

De son côté, Eugène Grandin s'était rendu dans la matinée à la Chambre de commerce et d'industrie de cette ville où il était né, trente-neuf ans plus tôt, à la veille de Noël: il y avait organisé une rencontre officielle avec les délégués de l'Intersyndicale de l'entreprise en difficulté. Mais apprenant que sa rivale dans l'âpre compétition politique du moment était venue lui apporter une contradiction virulente sur le terrain, il décida d'aller lui aussi à la rencontre des ouvriers en colère devant l'entrée de leur établissement.

Ainsi descendu du sommet à la base, dans son costume élégant, avec sa réputation de banquier des milieux d'affaires et d'ancien ministre de l'économie, il fut accueilli par des sifflets et des huées, et il eut beaucoup de mal à se faire entendre. En allant aux devants de la foule des grévistes à l'entrée des ateliers, il se heurta à une marée humaine houleuse, grondante, étrangère, hostile. Autour de lui, dans une forêt de visages agités par un vent de révolte, il ne put d'abord discerner que des regards méfiants.

Au bout de quelques minutes de vis-à-vis tendu dans une ambiance électrique, partaient encore çà et là des sifflets, quelques huées, et des invectives, puis des ricanements et des propos sans aménité. A maintes reprises on l'interrompit, et Grandin-Macron dut reprendre le fil de ses explications laborieuses, comme un nageur téméraire se débattant contre des vagues déchaînées. Jetés comme une bouteille à la mer, ses premiers mots échouèrent contre une falaise d'incompréhension teintée d'une sourde rancoeur.

III

Pendant trois longs quarts d'heure qui semblèrent une éternité, Grandin-Macron s'évertua à exposer son point de vue. D'une voix tendue comme une corde à violon, mais sous l'archet décisif d'une constante maîtrise de soi, malgré les interruptions, il traça pour les ouvriers la perspective de la récupération salutaire de l'entreprise par un repreneur, qui maintiendrait le plus d'emplois possible dans la pérennité.

Et, se tournant dans tous les sens en quête d'un interlocuteur qui veuille bien l'écouter au milieu de cette foule impatiente, il se lança dans un discours insolite, haché par les interpellations, les questions ou les sarcasmes de plusieurs protagonistes : la réponse à ce qui leur arrivait, ce n'était pas de supprimer la mondialisation, ce n'était pas de fermer les frontières. Ceux qui leur disaient ça leur mentaient, parvint-il à dire d'une voix qui ne tremblait pas.

Vêtu d'un blouson et d'un pantalon de toile, Fernand Liboux, représentant du parti socialiste-révolutionnaire Peuple insoumis dans cette circonscription de la Somme, se glissa parmi la foule. Il s'approcha peu à peu d'Eugène Grandin.

Celui-ci venait d'affirmer qu'on pouvait trouver du travail… Comme on reparlait des licenciements, il tenta encore de plaider : malheureusement, promulguer une loi ne serait d'aucune utilité. Alors une femme lui cria d'une voix chargée d'animosité : « - Mais Monsieur Grandin, vous êtes le business, et vous êtes d'accord avec tous ces gens-là… Vous êtes d'accord avec les actionnaires… »

Il voulut se disculper : « - Non, moi, ce que je défends, ce sont les entreprises, pas les actionnaires. »

Mais bientôt, sous de nouvelles huées, il dut subir un feu roulant de critiques et de remarques acides. Ça tournait au réquisitoire public :
- « Si ! ce sont ses lois qui défendent les actionnaires.
- Il était au gouvernement, à l'époque !
- Vous y étiez pas, au gouvernement ?
- Vous êtes le représentant des riches !
- Des formations pour quoi faire ? Y'a pas de travail !
- Nous on n'aime pas les politiques, nous, dans les syndicats, on agit par conviction. »

Un de ses contradicteurs s'écria avec colère : « il y a vingt ans, un autre candidat à l'Elysée avait promis qu'il allait réduire la fracture sociale. Eh bien, on l'attend toujours, ce drôle de chirurgien ! Et la fracture, elle est toujours là, dans la société ! »

Elevant la voix pour surmonter le flot de ce chœur protestataire, le candidat-président parvint à reprendre le fil de son discours. Et il poursuivit d'une voix ferme : il ne voulait pas faire de démagogie, mais il défendrait les intérêts des ouvriers, et il se battrait pour la reprise. Et il s'exclama qu'il reviendrait sur le site.

Alors on le questionna : il reviendrait ? Même après les élections ? « Oui, je reviendrai après », répondit-il. Peu à peu, la pression retombait autour de lui. Certains commençaient à le considérer d'un autre œil.

IV

Le militant révolutionnaire Fernand Liboux vint se camper en face d'Eugène Grandin et prit tout à coup la parole : un peu plus âgé que lui, il avait été autrefois son condisciple au collège des Jésuites de la ville, avant d'emprunter un itinéraire fort différent. Jeune journaliste en rupture de ban, ému de la misère et révolté par les licenciements ouvriers massifs, il s'était insurgé contre la façon dont ces drames pouvaient être passés sous silence. Il avait créé une petite feuille où il se faisait l'écho de l'actualité sociale.

Liboux était devenu une figure de proue du mouvement *Nuit debout* né sur la Place de la République à Paris au printemps 2016. Avec une poignée d'intellectuels ouvriéristes et socialistes, pendant plusieurs soirées consécutives, il avait animé ces rassemblements populaires insolites qui troublaient le sommeil des bourgeois par leurs prolongations nocturnes.

Devant des foules de mécontents, de chômeurs, de révoltés et d'idéalistes, plusieurs orateurs chevronnés ou improvisés y avaient dénoncé l'Union économique européenne de Bruxelles comme « une machine à destructions sociales ». On y avait appelé fièrement à reconquérir la « souveraineté populaire » sacrifiée sur l'autel du capitalisme mondial. Après quelques débordements, des heurts avaient eu lieu avec les gendarmes venus évacuer la place un matin à l'aube.

Après avoir eu à cœur de saluer son courage, comme on donne un coup de chapeau à un adversaire audacieux qui défie les lois de la pesanteur sociale, Liboux commença un débat improvisé avec Grandin-Macron, au milieu des grévistes qui formaient un cercle autour d'eux: il dénonça avec éloquence « une agression économique » contre le monde ouvrier. Et, avec une certaine emphase, il lança : « Ici vous êtes au milieu des vaincus de la mondialisation. » D'une voix vibrante, il se fit l'avocat de tous ceux qui « se prenaient des coups dans la tronche depuis trente ans ». Ça avait commencé par le textile, puis ç'avait été la métallurgie. Les gens ici pouvaient citer dans leurs familles « plusieurs plans sociaux d'affilée. » Une tempête d'acclamations salua ces derniers mots.

Grandin-Macron rétorqua qu'il fallait aider à des reconversions. Ne pas désespérer, mais se préparer à d'autres situations. Tous devaient s'entraider. Ici, il y aurait une possibilité de formation avec la reprise du site. Il parla encore longtemps ainsi. Désormais, plus personne ne venait couper ses explications. Dans le petit groupe qui l'entourait encore, un quinquagénaire portait placidement sur son dos son enfant, un petit garçon qui semblait sommeiller. Des épouses étaient venues rejoindre leur mari.

Quand Eugène Grandin quitta enfin les lieux, l'atmosphère avait commencé à changer. Quelques ouvriers lui serrèrent la main. L'un d'eux lui dit : « Si vous êtes président, on compte sur vous » …

V

A l'approche de l'automne, beaucoup de choses avaient changé, tant en France qu'à Amiens : Eugène Grandin-Macron avait été élu Président de la République avec une large majorité. De fait il était surtout plébiscité par les suffrages des couches sociales les plus élevées, les milieux les plus modestes ayant plutôt voté contre lui ou s'étant abstenus de déposer leur bulletin dans l'urne.

En Picardie, après des tractations laborieuses, on avait trouvé un industriel local qui avait accepté d'être le repreneur de l'usine du Blanc Tourbillon. Ainsi, presque tous les emplois menacés se trouvaient ainsi préservés, au moins pour quelque temps.

Accompagné de quatre ministres de son gouvernement, le président Grandin-Macron revint sur les lieux de sa rencontre mémorable du printemps avec les ouvriers de l'usine. Cette fois, suivi d'un long cortège, il pénétra à l'intérieur des ateliers, où il resta trois heures, serrant des mains et tenant des propos encourageants : à l'heure où il réformait d'autorité le Code du Travail par voie d'ordonnances, il se félicita de la situation « exemplaire » de l'entreprise, y voyant un modèle du « dialogue social ».

Fernand Liboux, lui, avait été élu député de la Somme sous l'étiquette de son parti, Peuple Insoumis. Il avait vite fait parler de lui à l'Assemblée Nationale comme un ténor pugnace et remuant de l'opposition de gauche. Il arriva lui aussi à l'usine, chevauchant fièrement une bicyclette. Il souhaitait se faire le porte-parole des laissés pour compte et l'avocat des travailleurs à la tâche.

A l'issue de la visite d'Eugène Grandin, les salariés de l'entreprise lui remirent un manifeste contre sa réforme du Code du Travail. Le lendemain, des employés licenciés d'une entreprise en faillite du centre de la France exprimèrent leur mécontentement lors d'un voyage officiel qu'il effectuait pour annoncer de nouvelles réformes : Grandin blâma leur manifestation, disant qu'ils feraient mieux de chercher un nouvel emploi. A l'approche d'âpres discussions sur le statut des employés des compagnies de chemin de fer, le dialogue social tant vanté restait une affaire de longue haleine.

VII

A la manière de Marcel Proust

Du côté de l'Elysée :
Un nouvel instant de bonheur du *Temps retrouvé*

En pensant, non sans satisfaction, à ses succès électoraux successifs, mais en même temps, non sans quelque souci, au déficit budgétaire abyssal de l'Etat, à la réforme du Code du Travail, à la périlleuse transformation du statut des cheminots sourcilleux, aux contraintes du labyrinthe administratif de la réforme des retraites et à la menace permanente des terroristes criant le nom d'Allah, Emmanuel Macron était descendu dans la cour du Palais de l'Elysée, et dans ses réflexions, il n'avait pas vu sa voiture qu'on lui avançait. Appelé par un huissier, il n'eut que le temps de relever la tête et de faire un pas en avant, en direction de la portière déjà ouverte. Comme sa chaussure crissait légèrement sur les graviers, ses préoccupations s'évanouirent devant la même félicité qu'à diverses époques de sa vie lui avaient donné la perspective de sommets neigeux qu'il avait cru discerner lors de vacances familiales dans les Pyrénées, la vue des grands jardins du Touquet-Paris-Plage, et la saveur d'une madeleine trempée dans une tasse de chocolat chaud offerte par sa grand-mère, et tant d'autres sensations dont il s'était réjoui dans sa prime jeunesse. Comme au moment où il goûtait la madeleine, toute inquiétude sur l'avenir était dissipée.

Les doutes qui l'effleuraient il y a quelques instants pendant le Conseil des ministres au sujet de l'étendue de ses possibilités d'action comme chef d'Etat et de la réalité d'une politique française indépendante se trouvaient levés comme par enchantement. Sans qu'il n'eût fait aucun raisonnement nouveau, trouvé aucun argument décisif, les difficultés qui lui semblaient insolubles tout à l'heure avaient perdu toute importance à cet instant.

Au cœur de cette félicité se trouvait une vision éblouissante et indistincte qui frôla furtivement l'esprit d'Emmanuel Macron : il la reconnut, c'était le décor enchanteur de la crique d'une île grecque de l'archipel des Cyclades, où il s'était baigné par un été radieux, au sortir de l'adolescence. Cette crique aux eaux limpides sous un soleil digne d'Apollon, fils de Jupiter, la sensation des graviers qui crissaient sous son pied à deux pas des Champs-Elysées parisiens venait de la lui rendre, avec toutes les autres sensations jointes ce jour-là à celle-ci, restées dans l'attente, dans l'ordre bien classé des jours oubliés du vivant grenier d'archives de sa mémoire affective. De même, le goût de la petite madeleine mêlé à celui du chocolat lui avait rappelé Bagnères-de-Bigorre, où sa grand-mère Manette, sa

Muse familière et tutélaire, lui avait appris tant de choses, au pied de sommets dont les noms magnifiques évoquaient pour lui les parentés divines d'un Olympe apprivoisé dans sa mythologie intime, non loin d'un Parnasse et d'un Hélicon personnels.

Mais peu de temps après, alors que, revenu dans les salons de l'Elysée pour une réception officielle, le président Macron s'apprêtait à accueillir un envoyé du nouveau tsar de toutes les Russies en compagnie d'un neveu de M. de Norpois, le même genre de félicité que celui qu'avait produit en lui le crissement de sa chaussure sur les graviers de la cour envahit à nouveau son esprit : un maître d'hôtel venait par mégarde de cogner une cuiller contre un verre. Ce qui lui paraissait si agréable était le décor et les costumes de la représentation théâtrale qu'il avait préparée autrefois, lorsqu'il était lycéen en Picardie, en compagnie d'une jeune femme professeur, pédagogue pleine de vivacité, Brigitte Auzière, avec laquelle il devait nouer ensuite des liens plus étroits. Ce décor de théâtre amateur, par moments, il croyait presque s'y retrouver, dans une sorte d'étourdissement, étant, il est vrai, toujours en compagnie de Brigitte, qui l'avait suivi sur les chemins de la Comédie humaine où il avait lui-même franchi bien des étapes avec une énergie farouche propre à vaincre toutes les oppositions, à emporter toutes les hésitations et à surmonter tous les obstacles. Cette fois-ci, c'était le tintement de la cuiller contre le verre du service en cristal de Baccarat de l'Elysée qui lui avait rappelé le son de la cloche du collège de la Providence des Jésuites d'Amiens où il avait effectué ses études secondaires, et où il avait découvert sa vocation de comédien, avant même que celle-ci ne lui ouvre les portes du monde politique où il devait commencer une si brillante carrière.

La duchesse de Guermantes,
Swann, M. de Norpois et…
jusqu'aux Verdurin
Les suffrages des gens les plus divers

Peu à peu, la candidature inattendue d'Emmanuel Macron à la Présidence de la République avait rallié les suffrages des gens les plus divers : les uns étaient autant lassés des poisons pernicieux que désabusés des délices fallacieuses d'un parlementarisme renaissant des cendres de l'époque des vieilles barbes de l'antique Parti radical, du Mouvement républicain populaire vétuste encore encensé et célébré dans les sacristies poussiéreuses de Méséglise et de Combray, et du parti socialiste de la Section française de l'Internationale ouvrière de Vincent Auriol vouée au culte émouvant mais antédiluvien du généreux pacifiste Jean Jaurès ; et les autres étaient intéressés par le discours original du jeune candidat qui laissait enfin entrevoir des perspectives d'avenir à une vie publique longtemps anémiée par une routine sclérosante qui avait transformé les héritiers de la geste gaullienne des Compagnons de la Libération en récitants dévots d'une histoire certes vénérable, mais tombant en désuétude, voire en simples gardiens de musée patriotique, faute de véritable maintien d'une réelle indépendance nationale.

Macron avait ainsi obtenu l'adhésion de la duchesse de Guermantes : après sa longue période de sympathie pour les théories socialistes, une connivence assumée avec ostentation depuis la vague rose du mois de mai 1981 dans son salon du Faubourg Saint-Germain au grand déplaisir de Mme de Villeparisis, Oriane avait manifesté un engouement sans bornes pour la campagne « intelligente » du jeune Emmanuel Macron dès les premiers jours du lancement de son mouvement « En Marche ». Qu'il l'eût désigné par les initiales de son propre nom, voilà une audace et un panache qui plaisaient fort à la duchesse, et, semble-t-il, à quantité de ses pairs et à leurs amis.

Quant à Legrandin, longuement chambré par des cousins lyonnais et bordelais, sortant de sa réserve habituelle, il s'était laissé peu à peu persuader des bienfaits possibles d'un renouveau radical de la vie politique par ce *jeune loup* de l'Inspection des finances qui bénéficiait à la fois du soutien de la Banque Rothschild et, disait-on, des éléments les plus éclairés du Comité des Forges. Après avoir soutenu en sourdine la candidature du maire de Bordeaux, l'imperturbable ancien Premier ministre Alain Juppé, qu'il admirait pour avoir observé la parfaite indépendance des muscles de son visage en toutes circonstances, Legrandin était devenu un partisan discret mais convaincu et opiniâtre d'Emmanuel Macron, dont il appréciait secrètement l'ambition et l'entregent ; et, bien que ce ne soit guère dans ses habitudes, il avait pris sa plume pour conseiller à plusieurs de ses amis de Combray, de Paris et de Balbec de se rallier à leur tour à sa candidature. Voyant en Macron un nouveau Guizot ou un nouveau Balladur, et animé par une certaine nostalgie du temps perdu, il recommandait son accession au pouvoir comme la condition d'un retour de la prospérité et de la stabilité financière, et donc de la tranquillité publique et de la paix sociale.

De son côté, Swann avait jugé d'emblée la démarche d'Emmanuel Macron très séduisante de par le parfum subtil de romantisme qui se dégageait de son panache, de sa jeunesse et de son allant. Il confiait à qui voulait l'entendre qu'il voyait en lui, sinon un nouveau Bonaparte, du moins un véritable héros stendhalien, un Julien Sorel, un Fabrice del Dongo ou un Lucien Leuwen prêt à accepter bien des risques pour braver l'obscurantisme contemporain. Il en parla à son neveu Stéphane Bern, et il eut alors la charmante surprise de découvrir que celui-ci, un esthète d'une grande érudition féru d'art et d'histoire, appartenait déjà, et de longue date, au cercle des amis intimes de ce Macron pour lequel il nourrissait une telle admiration. Sa ferveur pour ce nouvel homme d'Etat ne fit que s'accroître.

Consulté à maintes reprises dans les salons du Faubourg Saint-Germain par des personnes curieuses de connaître son opinion, M. de Norpois, comme à son habitude, se montrait circonspect tout en ne perdant rien de sa légendaire courtoisie : parlant volontiers, en termes généraux, des années difficiles et peut-être dangereuses à certains égards que traversait la France, cependant, s'il se sentait pressé par une question plus directe ou par une simple allusion à la candidature d'Emmanuel Macron, il se bornait alors à laisser espérer à son interlocuteur indiscret la possibilité d'un accord mystérieux avec lui sur ce point délicat, mais sans se prononcer davantage, comme si cela risquait de contrarier un quelconque devoir de réserve chez ce diplomate de carrière. L'ambassadeur éprouvait la plus extrême des réticences à s'aventurer sur le terrain électoral, comme si cela avait été pour lui l'équivalent d'une entrée en campagne dans un conflit international auprès d'une puissance étrangère, démarche qui aurait évidemment représenté à ses yeux une véritable forfaiture. Aussi, ce n'est que bien plus tard, à la veille du scrutin décisif, qu'on apprit, de la bouche de Mme de Villeparisis, que le marquis de Norpois s'était prononcé en faveur de Macron. Il s'était engagé de la sorte en *aparté* dans un coin du salon de la duchesse de Guermantes, mais cela en petit comité, et presque sous le sceau du secret, quoiqu'avec les accents de la plus grande conviction, s'il fallait en croire sa vieille amie.

En revanche, la famille de Mme de Cambremer, nostalgique de l'*Action française*, restait généralement persuadée du bien-fondé et de la véracité des philippiques enflammées de ce tribun féminin intrépide qu'était Marine Le Pen, en qui elle voyait une nouvelle Jeanne d'Arc, en lui attribuant presque toutes les vertus de la Pucelle d'Orléans, et en tablant sur elle pour libérer la France des fléaux présents et à venir. Ainsi, dans le bocage normand du Pays d'Auge, on se préparait à partir pour une nouvelle croisade, mais en songeant cette fois-ci à livrer bataille sur le sol français.

A Paris, le clan des Verdurin était resté longtemps méfiant à l'égard d'Emmanuel Macron : se voulant toujours la vigie placée aux avant-postes de l'actualité pour guetter les tendances du prêt-à-penser dominant, Mme

Verdurin éprouvait toutefois une sorte de crainte devant l'itinéraire-éclair de ce jeune homme pressé qui lui donnait quelque peu le vertige. D'apprendre qu'il avait collaboré avec le philosophe Paul Ricoeur, qu'il avait fait du théâtre avec brio dès l'âge du lycée, qu'il avait envisagé de devenir écrivain après de brillants essais et qu'il avait été coopté dans plusieurs cercles internationaux auxquels elle ne connaissait rien, tout cela lui communiquait un sentiment d'incompréhension mêlé d'un soupçon de jalousie. De toute façon, dans la furieuse campagne électorale qui s'était engagée en ces années 16 et 17, le clan Verdurin avait fait le choix de soutenir la candidature de François Fillon contre vents et marées, et les fidèles du salon du Quai de Conti avaient été fermement priés d'épouser la cause du notable de la Sarthe avec l'enthousiasme qui convenait, et cela en dépit des critiques qui s'accumulaient jour après jour dans les gazettes à son encontre. Ce ne fut que lorsque le naufrage de « son » candidat dans les urnes parut inévitable et complet que Mme Verdurin se souvint que, dans sa jeunesse, elle avait été séduite par l'allant et la faconde de François Bayrou : c'est alors qu'en s'inspirant du discours de l'élu du Béarn, elle se rallia, sur le tard, à Emmanuel Macron, en proclamant contre toute évidence qu'elle avait toujours été persuadée des mérites et des capacités de ce jeune banquier d'affaires avisé et diplômé qui avait déjà l'expérience du pouvoir… Avec l'intransigeance des convertis et le zèle des néophytes, elle était devenue une inconditionnelle de Macron. Après avoir pris, en marche, ce train qui lui semblait celui de la dernière mode politique, elle s'employait désormais à persuader les habitués de son salon à voter comme un seul homme pour ce jeune candidat, dont elle répétait à l'envi la moindre phrase d'un air extasié.

Pressentis par Swann, l'universitaire Brichot et l'écrivain Bergotte s'étaient eux aussi prononcés en faveur d'Emmanuel Macron, après un temps de réflexion, mais, semble-t-il, sans partage, et sans avoir penché auparavant pour un autre candidat : dans cette République guettée par les démons d'une routine sclérosante, d'un psittacisme débilitant et d'un immobilisme paralysant, le jeune Macron, déclaraient doctement ces clercs vieillissants, était l'homme d'un possible et souhaitable renouveau.

Brichot affirmait à ses interlocuteurs que c'était l'avis de la plupart de ses collègues de la Sorbonne, persuadés qu'ils étaient de l'excellence des aptitudes intellectuelles de ce garçon, assurément un fort brillant sujet. Quant à Bergotte, ce fut à la sortie d'un concert à la salle Pleyel où on avait joué la symphonie Jupiter de Mozart qu'il exprima son opinion, avec la solennité et le lyrisme dont il était coutumier : selon lui, étant d'une nature très supérieure au commun des mortels, Macron était une figure majeure de l'avenir de la France en Europe et dans le monde.

C'est ainsi que tous ces gens avaient en même temps apporté leurs voix à Emmanuel Macron, le portant à la tête de l'Etat.

VIII

A la manière de Georges Bernanos
Vers quelle Europe pour quelle humanité ?
Macron dans une société désenchantée

Lors d'un voyage officiel en Grèce, le jeune président de la République française a souhaité que l'on travaille à une « refondation démocratique » de l'Europe. Parlant depuis le lieu symbolique de la colline populaire de la Pnyx, M. Macron a déclaré la démocratie et la souveraineté en danger. Et il s'est prononcé en faveur de l'organisation de conventions démocratiques dans chaque pays européen pour associer les peuples à cette refondation de l'Europe.

Depuis des décennies, l'Europe désenchantée a perdu confiance en elle-même, en ses capacités, en son destin, et en sa mission civilisatrice universelle.

Une refondation paraît bien nécessaire. Cependant, le président français a parlé de « souveraineté européenne » sans parler de souveraineté nationale. Or, la crise de l'Europe se traduit par un malaise politique et culturel, qui a entraîné une véritable crise d'identité collective : aujourd'hui, les peuples européens n'adhèrent plus au projet politique des dirigeants officiels de cette Europe devenue une bureaucratie technicienne, dans laquelle ils ne se reconnaissent plus, tant elle outrepasse les garanties de leurs frontières, et tant son discours est étranger à leurs aspirations et à leurs besoins.

La bureaucratie anonyme et opaque de l'Europe actuelle est comme le clavier inaudible et quasi muet d'un piano désaccordé : elle ne peut émettre que des messages inarticulés qui ne disent plus rien aux populations concernées. Elle fonctionne en circuit fermé, dans un isolement dramatique qui la condamne à périr tôt ou tard. C'est pour cela que M. Macron a sans doute raison de préconiser une refondation de l'Europe. Mais sur quelles bases souhaite-t-on l'effectuer, c'est là une question essentielle.

A l'origine de la dérive de l'Europe des nations démocratiques, il s'était produit une dégradation de la conscience des notions du juste et de l'injuste. Mais à la racine de tout, le drame de l'Europe est un drame spirituel. Ce drame est celui de la vie moderne, qui procède d'une conspiration permanente contre la vie intérieure. L'Europe s'est déchristianisée, sans doute au fil des guerres et des révolutions, au long des périodes de crise, mais aussi au long des périodes de prospérité matérielle qui ont pu lui faire oublier ses origines. Elle s'est déspiritualisée comme un homme se dévitalise, se dévitaminise, au point de subir une fatale déperdition d'énergie. Ceci se traduit à la fois par une grave anémie culturelle et par une sorte d'anorexie spirituelle périlleuse pour l'avenir.

Cette anémie entraîne une dangereuse indifférence à la vérité et au mensonge. Ceux qui s'ouvrent indifféremment au vrai comme au faux sont prêts à accepter et à subir indifféremment n'importe quel despotisme.

Ici encore, l'esprit de système peut jouer des tours redoutables : c'est au nom d'un libéralisme abstrait que le capitalisme sauvage qui renaît aujourd'hui sous des formes nouvelles peut sacrifier les hommes libres à ce même implacable déterminisme matérialiste qu'on a également pu observer dans le marxisme.

En France, déjà la prospérité matérielle des « Trente Glorieuses » du siècle passé, ces trente années qui ont suivi immédiatement la fin de la Seconde guerre mondiale, n'était au bonheur que ce que le bruit d'un tintamarre de fête foraine ou d'une fanfare de cirque est à la musique de Mozart, de Beethoven ou de Vivaldi, ou encore au chant grégorien résonnant sous les voûtes romanes des abbayes cisterciennes.

Depuis lors, les démocraties sont devenues des dictatures économiques. Comme l'a remarqué le philosophe protestant Jacques Ellul, l'autonomie de l'homme vis-à-vis de l'économie est en voie de disparition, il est intégré corps et âme dans l'économie. On assiste ainsi à l'apparition d'une nouvelle espèce d'homme, l'homo economicus, « l'homme qui n'a pas de prochain mais des choses » ... Et cet homme peut devenir un être redoutablement cynique, voire féroce. Ainsi, de quels rapports sociaux il pourrait être demain l'arbitre, c'est une question qui devrait préoccuper le Président Macron.

On est arrivé dans un monde où on a conduit les citoyens à renoncer à leur liberté par pans entiers, en leur faisant miroiter des perspectives trompeuses, celles d'une sécurité physique administrée et d'un bonheur futur désigné à cet horizon utopique qui recule toujours à mesure qu'on avance dans le temps. C'est ainsi que l'humanité européenne restreint inéluctablement sa part héréditaire de liberté comme une peau de chagrin, en croyant qu'elle fait ce sacrifice pour un avenir meilleur.

Dans le monde actuel, à la racine, on assiste à la mise en place d'une véritable industrie de la reproduction humaine : filière lucrative, la nouvelle technologie médicale de la procréation vise à fabriquer à la demande les bébés en bouteilles stérilisées. Quant à la « gestation pour autrui », elle chosifie des nouveau-nés, objets d'une nouvelle convoitise, et elle asservit leurs « mères-porteuses », nouvelles esclaves du cynisme contemporain, stipendiées au mépris de leur santé physique et mentale. Et on se dirige ainsi vers d'effarants processus de détournement de la filiation et d'évacuation de la paternité, facteurs de déshumanisation. Saura-t-on arrêter ces funestes engrenages ? Il faudra pour cela une lucidité et un courage politique salutaires.

Dans la mesure où le seul critère restant dans la vie sociale est celui de la rentabilité matérielle immédiate, on procède déjà, çà et là, à l'élimination impitoyable des êtres jugés non-productifs ou gênants, tout au long des cycles de la vie biologique, mais aussi de ceux de la vie économique et sociale : après l'élimination de nombreux enfants à naître, on prépare souvent la justification et l'introduction progressive de l'euthanasie vis-à-vis des grands malades et des vieillards déclarés inutiles. Au même moment, on poursuit des licenciements économiques massifs, notamment les licenciements boursiers, en sacrifiant le personnel des entreprises à une finalité exclusivement financière.

La désintégration des rapports sociaux dans le monde moderne a favorisé un culte exclusif de l'efficacité matérielle en affaiblissant les défenses immunitaires de la conscience humaine. S'éloignant du socialisme pour se rapprocher d'un libéralisme resté très matérialiste, M. Macron saura-t-il se garder des périlleux excès d'un tel culte ?

Dans les différents pays d'Europe en ce début de XXIème siècle, le libéralisme sauvage triomphant et le socialisme persistant çà et là paraissent de plus en plus comme ce qu'ils sont, deux aspects d'une même démission de l'homme devant une destinée imposée de l'extérieur. On rencontre ici le risque majeur de l'effondrement universel des droits de la personne humaine.

Désormais il faut sauver l'homme en France et en Europe, et pour cela préserver ce qu'il y a d'humain dans l'homme, et donc sa liberté d'enfant de Dieu. Le monde ne sera sauvé que par des hommes libres.

IX
A la manière de Charles de Gaulle :
« La France peut encore vaincre la fatalité du déclin »
Macron est-il un homme providentiel ?

La France a perdu une bataille contre les forces du déclin qui menacent gravement sa grandeur et son indépendance. Par une coupable capitulation, son gouvernement a consenti à un dramatique abandon de souveraineté naguère à Maastricht. Mais elle n'a pas perdu la guerre économique dont dépend son avenir.

Beaucoup de Français n'acceptent pas l'apparente fatalité de la capitulation, pour ces raisons éternelles qui s'appellent toujours l'honneur, le bon sens, l'intérêt supérieur de la patrie

Je dis l'honneur. Tant qu'une telle guerre fait rage, le gouvernement n'a pas le droit de renoncer à défendre les intérêts du pays en livrant des pans entiers de l'économie française et de notre esprit créatif à des puissances étrangères hégémoniques.

Les gouvernements allemand et anglais, les gouvernements scandinaves, le gouvernement russe, le gouvernement polonais, le gouvernement tchèque, le gouvernement hongrois, quoique affrontés à des offensives semblables sur leur territoire, ont ainsi compris leur devoir.

Je dis le bon sens. Car il serait absurde de considérer cette guerre comme perdue.

Oui, nous avons subi une grande défaite contre l'invasion de la concurrence étrangère et contre le fléau du chômage de masse. Un système administratif périmé, les fautes commises dans la direction du pays, le conformisme frileux et la pusillanimité de politiciens sans conscience et sans courage, les tergiversations et l'esprit d'abandon du gouvernement précédent pendant d'interminables débats nous ont fait perdre cette bataille de l'emploi des Français.

Mais il nous reste des ressources considérables et l'héritage d'une longue tradition de liberté, d'audace et de fierté nationale.

Je dis l'intérêt supérieur de la patrie, car il en va de l'identité française, de la substance même de notre pays : celle-ci est mise en cause par les défis fondamentaux et périlleux de la paralysie économique, du terrorisme islamiste, de la dépossession croissante des territoires perdus de la République, qu'il est urgent de reconquérir coûte que coûte, et des nouvelles menaces mondiales de guerre nucléaire. La situation ne pourra se redresser que par un sursaut concerté de nos forces vives.

E t donc, aujourd'hui, nouvellement élu lors d'un concours de circonstances sans précédent, le jeune Emmanuel Macron a l'ardente obligation de réussir une vaste entreprise de refonte de la vie économique et sociale contre les faux prophètes de la résignation et de la démission. Son intention déclarée de renouer avec mon grand projet de la participation et de l'intéressement du personnel aux bénéfices des entreprises paraît tout à fait louable. Pour cela il doit également ébranler et vaincre la force d'inertie redoutable des féodalités bureaucratiques qui ont déjà bloqué l'essor de notre pays à maintes reprises par le passé, tant au niveau national qu'européen.

Macron devrait aussi se garder des sirènes de ceux qui chantent en chœur les louanges d'une Europe apatride et supranationale en se trémoussant avec frénésie. A l'heure du « Brexit », même les esprits les moins attentifs et les plus abstraits, s'ils se souviennent que l'Angleterre est une île, doivent prendre en compte l'importance des frontières naturelles des différents pays européens.

Comme tous ses compatriotes, Macron est un enfant de l'Europe occidentale libérée en 1945. Cependant, il devrait prendre conscience de l'importance primordiale que la souveraineté nationale revêt aux yeux des peuples d'Europe de l'Est qui, eux, n'ont retrouvé leur liberté qu'après le tournant historique de 1989 : au bout de la terrible épreuve qu'a constitué pour eux le demi-siècle de communisme, s'ajoutant au fléau du nazisme, après ces deux cauchemars, on ne saurait reprocher à ces peuples martyrs, Polonais, Tchèques, Slovaques, Hongrois, Roumains et Baltes, de vouloir aussi farouchement préserver une indépendance qu'ils ont chèrement payée du prix du sang et de multiples souffrances.

En tout état de cause, contre les illusionnistes de la fuite en avant, les songe-creux d'une technocratie internationaliste et les hallucinés d'une utopie délétère, Macron a le devoir impérieux de prendre de la hauteur, en se maintenant à la proue d'une France dont la place est toujours au premier rang de l'Europe des Nations, la véritable Europe, la seule Europe qui tienne et qui vaille, l'Europe de l'Atlantique à l'Oural.

Rallumée et brandie sans relâche contre vents et marées, dans le souffle de l'espoir, la flamme de la résistance française ne doit pas s'éteindre et ne s'éteindra pas.

Vive la République ! Vive la France !

X

A la manière de François Mitterrand
« Le coup d'éclat récurrent »
Macron sera-t-il un grand homme d'Etat ?

La tentative d'Emmanuel Macron d'établir un pouvoir personnel s'appuie sur la solide permanence du bonapartisme dans notre pays, ce courant politique enraciné dans la vocation monarchique de la grandeur nationale et dans la passion jacobine de l'unité.

Mais ce jeune président n'est pas certain d'inscrire l'exercice de son pouvoir dans la durée, car il souffre d'un sérieux handicap hérité de la grave erreur politique de Jacques Chirac ramenant la durée du mandat présidentiel du septennat au quinquennat : cette décision légère et fatale de mon successeur immédiat a eu pour effet de réduire considérablement le champ des possibilités d'action du chef de l'Etat, et de diminuer d'autant plus l'efficacité de son travail. Véritable couperet institutionnel, le terme avancé de ce mandat tronqué et restreint détruit définitivement la possibilité de réflexion stratégique déjà entravée par la marche accélérée de cette nouvelle époque.

En conséquence, à défaut d'un coup d'Etat permanent, là où l'Etat a vu ses horizons dangereusement rétrécis, Emmanuel Macron est tenté de pratiquer le coup d'éclat récurrent. Et les coups d'éclat n'ont pas manqué sur le chemin de ce jeune homme ambitieux, tel que je les aime, et en qui je me reconnaitrais pour un peu. Ils ont même jalonné son parcours impétueux. D'abord par une rupture avec le discours officiel du pouvoir en place, celui de l'éphémère président François Hollande, qui lui avait confié les clés d'un important ministère, une rupture amorcée en déclarant qu'il n'était pas socialiste. Ensuite, en ébranlant plusieurs colonnes du temple de la doctrine socialiste, en particulier les Tables de la loi sociale contenues dans l'immuable Code du Travail, ainsi que la réglementation du temps de travail, le statut sacré des fonctionnaires et l'Impôt sur la fortune, l'ISF né de l'impôt sur les grandes fortunes institué sous mon premier septennat par mon jeune protégé Laurent Fabius, orfèvre en la matière. Ensuite, plus radicalement, en rompant publiquement avec un dogme social récent, une sorte de vache sacrée jalousement gardée sur des prés d'herbe fraiche par Martine Aubry, thuriféraire de la semaine de 35 heures qui rêvait de s'inscrire dans la tradition des conquêtes du Front populaire.

Ensuite, autre coup d'éclat, Emmanuel Macron s'est fait adouber par Philippe de

Villiers comme compagnon de Jeanne d'Arc, même s'il s'agit en réalité d'un compagnonnage *post mortem*, histoire de marcher sur les plates-bandes de la fille de mon vieux complice Jean-Marie Le Pen et de glaner des voix à droite, et même, qui sait, de trouver de nouveaux compagnons de route…

Enfin et surtout, par un coup d'éclat suprême et décisif, Emmanuel Macron a effectué une rupture consommée, en fondant au débotté son propre mouvement politique estampillé à ses propres initiales, « En Marche », puis en présentant sa candidature à la Présidence de la République… Et en parvenant ainsi à créer un effet de surprise, et par ce coup de poker, à déstabiliser l'assise des deux partis politiques restés jusqu'alors dominants, celui des héritiers du général de Gaulle, et celui de mes propres héritiers, le Parti socialiste qu'au rendez-vous de l'Histoire, j'avais porté sur les fonts baptismaux de la République en

1971, au mémorable congrès d'Epinay, et en l'amenant au pouvoir dix ans plus tard, au lendemain du 10 mai 1981, la rose au poing.

Maintenant, les héritiers du général sont complètement décontenancés, et probablement déshérités : longtemps contemplée comme un sémaphore, leur croix de Lorraine s'est effritée sous le souffle administratif implacable de l'Europe de Bruxelles, dans un décor sinistre de friches industrielles et de files de chômeurs. Quant à la rose de mes anciens amis socialistes, longtemps restée désirable dans la lumière du printemps de la France des années 80, elle paraît aujourd'hui soudainement flétrie, ses pétales dispersés au vent de l'histoire… Et moi qui l'aimais tant du temps qu'elle était belle, je ne suis plus là auprès d'elle, cette rose mythique, pour l'entretenir de mes soins attentifs. Isolés, sans grand stratège politique, sans guide spirituel avisé, ses derniers partisans semblent être sur la paille et ne trouvent plus guère de grain à moudre.

Désormais, au pouvoir à son tour, Macron conçoit, médite, décide, en dehors du cadre des expériences précédentes, le plus souvent étranger au dialogue.

Que lui importent les vestiges dispersés d'une opposition en miettes ou marginalisée aux extrêmes ? Que lui importent les sanglots prolongés et pathétiques des derniers ténors de la Droite libérale et de la Gauche socialiste ? Que lui importent les incantations romantiques, parfois talentueuses mais vaines des tribuns de la plèbe condamnés à pousser des clameurs désespérées dans le vide d'une opinion publique indifférente ou désabusée ? Fort d'une majorité confortable, et fort surtout des faiblesses de ses rivaux, Macron possède les rênes d'un pouvoir sans partage. Mais surtout, il a le soutien des puissances de l'argent.

Autrefois, devant mes amis du Congrès d'Epinay, pour bâtir le socialisme, dans un élan de vertu généreuse que des esprits chagrins m'ont souvent reproché, j'ai dénoncé l'argent. « L'argent qui corrompt, l'argent qui achète, l'argent qui écrase, l'argent qui tue, l'argent qui ruine, et l'argent qui pourrit jusqu'à la conscience des hommes ». C'est ainsi que je parlais en ce dimanche après la Pentecôte du printemps 1971, un siècle après la Commune de Paris, pour mettre en garde mes camarades et mes concitoyens contre un tel danger, dans notre combat de libération contre l'exploitation de l'homme par l'homme dans les structures économiques.

Dressés contre ce système social d'exploitation, c'était le contraire que nous espérions réaliser.

Mon infortuné successeur François Hollande a cru bon devoir m'imiter comme un bon élève en déclarant publiquement en 2012 : "Mon adversaire c'est la finance, c'est-à-dire l'empire de l'argent qui s'est installé". Quelle maladresse, au lendemain de la crise financière mondiale de 2008, alors qu'il avait le plus grand besoin du soutien de ces milieux qu'il attaquait ainsi !

Moi, c'est en 1971 que je les avais attaqués, quand tout allait bien, avant les crises pétrolières, quand on pouvait se permettre des discours révolutionnaires sans grand risque.

Personnellement, j'ajoutais alors que dans un esprit de rupture avec l'ordre établi du capitalisme, il fallait s'attaquer à une certaine nature de l'Etat, liée aux agents stipendiés du grand patronat. J'évoquais une classe à part qui prépare et exécute des décisions prises dans le secret des Dieux.

Mais voici que parvenu au pouvoir, je suis en quelque sorte devenu « Dieu » à mon tour, non sans quelque volupté, je dois l'avouer... Rude épreuve en réalité, au prix d'un rude apprentissage. J'ai dû renoncer à beaucoup de mes objectifs et de mes projets. Parfois sous la pression de la rue, parfois sous celle des événements. Oui, rude épreuve. Même si je me suis efforcé de rester stoïque à cet égard, ma santé en a subi de redoutables conséquences, que je n'ai pu cacher jusqu'au bout de ce mandat renouvelé qui est devenu un calvaire quotidien.

Et voici qu'après bien des vicissitudes et des désillusions, après les mandats de trois autres présidents, à l'issue d'une campagne électorale fertile en rebondissements inattendus et en coups de théâtre, comme le feuilleton d'un romancier à l'imagination fertile, le sort en a décidé en faveur du jeune Emmanuel Macron. Comme disaient les Anciens, *audaces fortuna juvat* : la fortune sourit aux audacieux. Certains, dont peut-être aussi lui-même, ont comparé ce jeune homme à Jupiter, le roi des dieux de l'Antiquité. Tout le bien que je lui souhaite, moi qu'un humoriste a appelé « un apprenti dieu », c'est de redescendre habiter sur terre et de gouverner, certes avec audace, mais aussi et surtout avec cette prudence qui est un gage de durée en politique.

A la fin de ma vie, je pensais sincèrement être le dernier des grands présidents de la République française : après moi, il n'y aurait plus que des financiers et des comptables, avais-je présumé. M'étais-je trompé ? L'avenir le dira…

XI

A la manière de Voltaire

L'Ingénu chez les Enarques
Voyage au pays de Macron

Chapitre I
Comment la société de bienfaisance *La Terre à tous* rencontra un Assyrien

En l'an de grâce 2017, par un soir de juillet, le président de la société de bienfaisance « La Terre à tous », un philanthrope honorablement connu de ses concitoyens, marchait sur les quais de la bonne ville de Boulogne-sur-Mer, sur les côtes de la Manche. Il était en compagnie d'amis dévoués eux aussi à la cause de la planète et des malheureux du monde entier. On les désignait dans les gazettes par le nom savant d'écologistes. Ou plus communément, on les appelait les « Verts », du nom de la couleur de ces feuilles et de ces herbages qu'ils aimaient tant, à la façon du Genevois Jean-Jacques Rousseau, ce promeneur solitaire qui en rêvait si souvent.

Regardant en direction de la mer, ce philanthrope disait à ses compagnons : - « Hélas ! C'est sur de tels flots que s'embarqua jadis le vaillant équipage du *Rainproof Warrior* pour défendre la nature et la paix, contre les expériences guerrières des arsenaux. Si son bateau n'avait pas été coulé dans les Mers Australes, nous aurions la joie de le revoir encore. »

Comme ils s'attendrissaient à ce souvenir, à la nuit tombante, ils virent arriver un camion à proximité du port, dans une file de véhicules lourdement chargés. Un groupe d'hommes jeunes au teint basané en descendit, sautant à terre, sans les regarder, et courut vers les bateaux amarrés sur le quai le plus proche.

Seul un de ces étrangers resta sur place, l'air hésitant… Le philanthrope et ses compagnons lui offrirent leurs services, en lui demandant qui il était et où il voulait aller. Le jeune homme leur répondit qu'il souhaitait se rendre en Angleterre…

Jugeant à son allure et à son accent qu'il n'était pas Anglais, le président de la société de bienfaisance humanitaire prit la liberté de lui demander de quel pays il était : - Je suis Assyrien, lui répondit le jeune homme. Il était né quelque part entre le Tigre et l'Euphrate, en Syrie ou en Irak. Il fuyait les terribles combats qui avaient ravagé son pays.

Par convention, ses hôtes français considérèrent ce migrant réfugié chez eux comme un « ingénu », en estimant qu'il disait toujours ce qu'il pensait, et en constatant qu'il faisait tout ce qu'il voulait, du moins autant qu'il le pouvait…

Comment, étant né Assyrien, avait-il pu venir en Europe ? – C'est qu'on l'y avait conduit. Des inconnus prévenants l'avaient mené en bateau sur ces nouveaux rivages. On lui avait fait traverser la mer Méditerranée, disait-il, sur une embarcation de fortune parmi des centaines de compagnons d'infortune… On leur avait dit que l'Europe était un havre de tranquillité et un pays de cocagne. En sus de la paix dont ils rêvaient, ils y trouveraient aisément du travail et des prés d'herbe fraiche où reposer dans une douce quiétude. Chacun y pourrait cultiver son jardin. En toute candeur.

Comment cet ingénu avait-il pu abandonner ainsi père et mère ?

« C'est que j'ai perdu père et mère dans les troubles de mon pays », répondit l'Assyrien en baissant les yeux pudiquement.

Ce migrant assurait aussi aimer assez les Français quand ils ne posaient pas trop de questions.

Chapitre II

L'Ingénu repousse les gendarmes

Des environs de la Baie de Somme, l'Ingénu voulut passer en Angleterre en traversant le bras de mer qui la séparait du continent. Rempli d'un optimisme conquérant, il espérait s'installer dans ce pays. Il avait acquis dans son enfance quelques rudiments de sa langue, et il avait entendu dire qu'il y régnait une grande tolérance pour les étrangers, et qu'on y trouvait du travail plus facilement qu'ailleurs.

Mais il fut fort contrarié de constater que sur les côtes françaises, la maréchaussée lui barrait l'accès des ports comme celui d'un nouveau tunnel sous la Manche, moyen inespéré mais désormais impraticable de parvenir sur le territoire de Sa Gracieuse Majesté. Et grande fut sa colère quand des gendarmes mobiles français prétendirent l'entraîner, pour l'enfermer dans un camp proche de la ville de Calais, dont les bourgeois eux-mêmes durent jadis se passer la corde au cou...

Les flots de la Manche ne sont pas plus agités par les vents d'Est et d'Ouest que son cœur l'était par ces mouvements contraires à ses vœux les plus chers.

Et, enfermé dans cette « jungle » de Calais où il était entassé avec des milliers de pauvres diables, l'Assyrien marchait à grands pas, sans savoir où. Soudain, il entendit le son d'une trompe de ralliement. Il vit de loin toute une foule dont une partie courait au rivage en bandes organisées, pour prendre d'assaut un bateau anglais qui venait d'aborder sur un quai du port. Mais la plupart des migrants s'enfuirent comme des moineaux effarouchés devant une charge d'une Compagnie Royale de Sécurité venue rétablir un ordre éphémère.

Comme ils avançaient dans la direction où il se trouvait, l'Ingénu accueillit les gendarmes à grands cris, en protestant de son innocence, pour protéger ses compagnons qui mouraient de peur. Il évoqua toute la misère du monde, que certes la France ne saurait recevoir tout entière sur son sol. Il en convenait comme un surintendant l'avait fait avant lui dans son bureau de l'Hôtel Matignon. Mais avec des sanglots dans la voix, il se référa au nombre incalculable d'hommes qui partent d'un hémisphère sur des embarcations surchargées pour aller risquer leur vie dans l'autre, ou qui font naufrage en chemin, et qui sont dévorés vivants par des requins.

A force de gesticuler, de pleurer et de hurler, et de provoquer les pleurs et les hurlements de ses compagnons d'infortune, l'Assyrien finit par faire reculer les gens d'armes de la Compagnie Royale de Sécurité : ces sergents rebroussèrent chemin, soit par crainte d'une effervescence excessive de la foule tournant à l'émeute, soit pour se protéger les oreilles contre ce vacarme assourdissant…

Chapitre III

L'Ingénu veut conquérir une maîtresse, et devient furieux

Un jour, ayant vu une femme jeune et jolie rentrer la veille dans une petite maison isolée, l'Ingénu avait poussé fortement la porte mal fermée de son domicile, et s'était élancé à l'intérieur…

Réveillée en sursaut, l'occupante du pavillon s'écria : « Arrêtez, que faites-vous ? » Comme si l'intention de son visiteur du soir n'était pas aussi claire que sa démarche était impétueuse…

Brièvement, il lui répondit d'une voix hachée : - « Je vous épouse ». C'est en effet ce qu'il aurait fait à sa façon, si son hôtesse involontaire ne s'était pas débattue avec toute la sincérité d'une personne qui a de l'éducation.

Doté d'une vertu mâle et intrépide, l'Assyrien allait cependant l'exercer dans toute son étendue, lorsqu'aux cris perçants de son interlocutrice à la vertu plus délicate, des voisins accoururent… Et il fallut lui expliquer que ce n'était pas là le genre de mariage qu'on avait coutume d'approuver sous ce méridien. On devait d'abord engager une conversation galante avec la femme que l'on jugeait désirable, puis demander sa main sans la lui forcer…

Mais dans un premier temps, l'Ingénu ne l'entendit pas de cette oreille : d'abord, il devint furieux, et voulut faire valoir les privilèges de la loi naturelle, qu'il connaissait parfaitement. On eut du mal à lui démontrer, ou même à lui rappeler la supériorité des lois écrites et des conventions faites entre les hommes, en particulier celles qui ont établi de haute lutte les droits des femmes. Puis il fallut lui montrer fermement le chemin de la sortie, et l'y raccompagner dûment escorté.

Chapitre IV

L'Ingénu se retrouve sans abri

L'Ingénu fut conduit par deux agents de la maréchaussée dans un nouveau camp installé près de la pointe Nord du pays, à proximité du port de Dunkerque au lieudit de « Grande Synthe », à l'extrémité de la Côte d'Opale. Il y retrouva beaucoup de ses compatriotes, qui partageaient des places obtenues de haute lutte dans une sorte de lazaret fait de maisonnettes de bois avec d'autres voyageurs, des personnages farouches venus d'une contrée montagneuse d'Asie centrale. Tous ces groupes tentaient de se comprendre, sinon de s'entendre, et cherchaient à communiquer entre eux par gestes, désespérant de pouvoir se parler dans un langage commun.

Faute de pouvoir trouver ce langage, un soir, deux individus, un Assyrien voisin de notre Ingénu et un montagnard de cette peuplade d'Asie centrale, qui voulaient l'un et l'autre étendre leur espace vital autour de la même baraque, en vinrent aux mains. Il fallut les séparer. Comme toujours, désireux de bien faire, l'Ingénu voulut s'en mêler. Las, mal lui en prit : dans un idiome étrange aux intonations rugueuses, un Asiate gigantesque le somma de se mêler de ses affaires, et comme il ne semblait pas comprendre ce conseil bien intentionné, le géant lui administra une énorme gifle qui le projeta au sol. Ce fut le signal d'une mêlée générale qui opposa dans de furieuses empoignades un nombre sans cesse croissant d'antagonistes.

Ces pugilats durèrent jusqu'à une heure avancée de la nuit, et jusqu'à ce qu'allumé par une main anonyme, un incendie se déclare fâcheusement au milieu de ce village de fortune, malheureusement fait de chalets construits dans un bois d'une essence inflammable. Quand on parvint à éteindre le feu, plus des trois quarts du village avaient été détruits par les flammes.

Ce camp réduit en cendres n'était plus qu'un souvenir. Le bourgmestre de la localité, qui portait le nom de Carême, commençait lui-même une dure traversée du désert. On dut héberger ses hôtes infortunés dans des abris de fortune, à quelques dizaines de lieues, parfois dans des endroits insalubres, marécageux, nauséabonds et battus par les vents.

Chapitre V

L'Ingénu veut parler aux Enarques

Se sentant injustement bridé dans son tempérament vigoureux et dans ses aspirations à une vie libre et heureuse, notre Assyrien voulut protester auprès des autorités de ce pays étrange, dont les coutumes lui paraissaient quelque peu énigmatiques. Parmi les philanthropes de la société de bienfaisance « La Terre à tous » qui l'avait accueilli, quelques citoyens compatissants lui conseillèrent de s'adresser au syndic député du port voisin du Havre, qui se nommait Edouard-Philippe de Sainte-Adresse. On lui assura que c'était un homme compréhensif qui saurait l'écouter. De surcroît, il était fort instruit, et très introduit à la cour des gouvernants, pour avoir suivi les cours de l'Ecole de Navigation des Astres de la République des Arts et des Lois. Et depuis peu, M. de Sainte-Adresse avait laissé pousser sur son menton et sur ses joues une courte barbe noire qui lui donnait une allure de sagesse fort respectable.

Las, quand l'Ingénu arriva à l'Hôtel de Ville du Havre, ce fut pour s'entendre dire que le maître des lieux avait quitté ceux-ci, car il était appelé à de bien plus hautes fonctions. Il venait d'être nommé à Paris Grand chancelier auprès du nouveau chef de l'Etat.

Cependant, parmi les gens compatissants de la société philanthropique qui soutenait sa cause, un petit comité s'était formé pour écrire un cahier de doléances, et signer une pétition pour dénoncer les multiples misères de la société. Hardiment, l'un de ses signataires lui proposa de l'emmener avec lui vers la capitale : il saurait faire de lui un témoin vivant des injustices criantes qui accablaient les sans-logis. S'il le fallait, il parlerait en son nom.

L'administration qu'il importait d'interpeller était dirigée par des hommes haut placés qui semblaient souvent bien lointains au bas peuple : celui-ci s'était accoutumé à les comparer à des astres, qui naviguaient majestueusement dans des sphères si élevées qu'ils ne percevaient plus des réalités de la vie quotidienne de leurs administrés que quelques grands contours, relevant davantage d'un esprit de géomètres que de l'esprit de finesse. Les études politiques très générales de ces successeurs des fermiers généraux de l'ancienne France avaient été organisées par une Ecole de Navigation des Astres. Les grands commis qui en étaient issus avaient été dénommés « énarques » par le bon peuple avec un soupçon d'ironie, mêlé il est vrai de quelque jalousie, comme il est d'usage à l'égard des puissants.

Comme ils étaient en chemin pour Paris, sur des routes bientôt encombrées de véhicules divers, et sur des itinéraires fréquemment coupés par des barrières de péage, l'Ingénu et son guide eurent le temps de converser longuement. Et le compagnon de l'Assyrien put lui raconter l'histoire des principaux chefs d'Etat issus de cette nouvelle caste d'énarques qui désormais gouvernait la France presque sans partage.

Valéry de Chamalières, un Auvergnat sentencieux, après avoir été surintendant de l'inspection générale des finances à la Cour du Grand Charles, voulait diriger le pays en le modernisant à grande vitesse et en adaptant les lois aux mœurs de l'époque. Parlant de « regarder la France au fond des yeux », il cherchait à se rapprocher du peuple qu'il connaissait fort mal, en allant souper dans les chaumières. Il avait aussi l'ambition de devenir le chef de toute l'Europe. Mais on ne l'écouta plus, et on le renvoya à ses équations et à ses statistiques…

Après le long interrègne du prince François de Jarnac, un nouvel énarque, Jacques d'Egletons, accéda au pouvoir : on lui prêtait la prudente devise du vieil Henri Queuille, un président du Conseil des surintendants de la dynastie précédente : « Il n'est aucun problème en politique qu'une absence de décision ne puisse résoudre. » Mais il avait aussi retenu un singulier mot d'ordre, qu'il répétait parfois d'un ton dégagé : « Les promesses n'engagent que ceux qui les écoutent » … Il dut pourtant affronter la grande Jacquerie des émeutes de l'an de disgrâce 2005 : les faubourgs et les banlieues s'embrasèrent à travers tout le pays, ravagés, saccagés et dévastés par des bandes déchainées qui brûlèrent des milliers de carrosses et de charrettes, et donnèrent du fil à retordre pendant de longues semaines aux archers du guet chargés de rétablir l'ordre.

François de Tulle fut désigné par le sort qui avait écarté de l'Elysée un grand financier discrédité sur les deux rives de l'Atlantique par un goût immodéré pour les soubrettes et les gourgandines. Apparemment placide et conciliateur, mais tout aussi calculateur, ce Limousin rougeaud avait su parvenir à ses fins derrière des allures bonhommes : auditeur émérite à la Cour des Comptes, ce grand serviteur de l'administration et de la fiscalité fut toujours l'habile artisan de synthèses à somme nulle, fondant et neutralisant les thèses des uns et les antithèses des autres, dans une unité sans cesse reformée au sein des Etats-Généraux du Tiers-Etat. En outre, il avait su fédérer et utiliser les talents multiples de ses camarades d'études de sa promotion de l'Ecole de Navigation des Astres, une promotion de grands commis de l'Etat se recommandant d'un éminent écrivain que la modestie nous interdit de nommer ici.

Après avoir longuement cheminé et non moins longuement devisé, l'Ingénu et son charitable compagnon parvinrent aux portes de Paris, dans l'espoir de rencontrer M. de Sainte-Adresse dans les allées du pouvoir, pour qu'il les conduise auprès d'Emmanuel Macron.

Chapitre VI

A la cour d'Emmanuel Macron

Parmi tous les énarques associés aux destinées de la monarchie républicaine, leur cadet devenu célèbre, Emmanuel Macron d'Amiens, était un des plus brillants : passé de la philosophie étudiée auprès d'un Huguenot qui enseignait à l'Université de Nanterre, Paul Ricoeur, à la politique des lambris de l'Elysée, en passant par la finance de la Banque des barons de Rothschild. « Voici un Enarque qui affirme « aimer tous les Français » et en a mis un nombre croissant « en marche » dans une grande aventure politique… », déclarait, songeur, le compagnon de route de l'Ingénu.

A peine parvenu au pouvoir, le jeune et fringant Emmanuel Macron avait toisé avec quelque dédain le trivial Président des Etats-Unis d'Amérique Donald Trump, un gros fermier jouffu venu de Louisiane jusqu'à l'Europe au climat différent. Puis il avait reçu somptueusement à Versailles le nouveau Maître du Kremlin, le mince et froid Vladimir Poutine venu de Moscovie, avant de lui signifier avec quelque rigueur un accord de divergence partielle, en particulier sur la situation des Assyriens du Moyen-Orient et sur le sort des Ruthènes de cette Ukraine parfois nommée hâtivement Petite-Russie…

Emmanuel Macron avait choisi comme emblème de son régime, disait-on, le dieu Jupiter, qui depuis l'Olympe régnait sans partage sur les dieux de l'Antiquité. Il franchissait ainsi un degré ultime dans la grandeur institutionnelle, depuis une étape symbolique de sa campagne électorale, dont il avait, un peu à l'avance, célébré le succès avec ses amis et ses courtisans, au lieu-dit « La Rotonde », au faîte du Mont Parnasse, le grand rendez-vous des philosophes et des artistes de la capitale.

Parmi ces amis ainsi réunis, Jacques de la Berde, un philosophe futuriste déjà inséré dans le XXIIème siècle, avait la réputation d'un homme influent. Issu lui aussi de l'école des astres, il multipliait les plans sur la comète : après avoir été longtemps le conseiller personnel de Son Altesse princière François de Jarnac, il préparait l'avenir de la France et du monde. Mu par un souci constant de rentabilité économique, il ne s'encombrait ni d'anecdotes sur l'emploi forcément éphémère du prolétariat laborieux, ni de soins palliatifs aux éléments les plus âgés ou les plus fragiles de la population.

Quand l'Ingénu chercha à attirer l'attention de ce nouveau prince sur son sort, le Président Macron venait de se séparer de quatre de ses ministres, à peine ceux-ci nommés. Il avait en particulier congédié son Garde des Sceaux : celui-ci, François de Pau, un Béarnais remuant, maquignon chargé de veiller au bon fonctionnement des Etats-Généraux, d'un tempérament factieux, prétendait exprimer son point de vue sans tenir compte de celui du monarque. Or Emmanuel Macron n'aimait pas qu'on lui tienne tête, ni que l'on contrarie ses plans. Aussi avait-il promptement sévi.

Ainsi, la Cour de l'Elysée se trouvait mieux rangée, et moins dérangée.

Après divers détours dans Paris, à force de conciliabules avec les huissiers de l'Hôtel Matignon, en usant de patience et de persuasion, le compagnon de l'Ingénu parvint à obtenir un rendez-vous avec un conseiller de M. de Sainte-Adresse. Il était impossible de s'entretenir avec Son Altesse Emmanuel Macron d'Amiens, ce prince étant trop occupé par les affaires du Royaume. On ne pouvait pas davantage rencontrer en personne M. de Sainte-Adresse : chargé quant à lui de la vérification des comptes et des mécomptes de l'Etat, il était trop occupé par la préparation d'une nouvelle ordonnance. Il voulait réglementer sévèrement le rythme de la circulation des chevaux, des carrosses et des charrettes sur tout le territoire du royaume, quitte à risquer une fronde des cochers et des cavaliers. Une entrevue avec son conseiller, voilà qui était donc la meilleure chance qui leur était ainsi offerte d'exposer son cas aux autorités de ce pays, assura-t-on à l'Assyrien.

Le conseiller de M. de Sainte-Adresse était un homme fort affable : formé à l'école des Sciences politiques, il avait pour habitude de laisser parler les solliciteurs le plus longtemps qu'il paraissait possible, en faisant mine de les écouter le plus attentivement du monde, puis de répondre à leurs demandes en engageant le moins possible la parole du pouvoir qu'il représentait. Cependant, il fut heureux d'annoncer que l'on préparait en haut lieu un édit et des décrets en faveur des populations migrantes qu'il serait jugé opportun d'accueillir dans des délais raisonnables sur le territoire du royaume, pour une période qui restait encore à déterminer avec exactitude.

Comme l'Ingénu semblait rester perplexe devant cette nouvelle, le conseiller de la Cour lui expliqua d'un ton patelin que l'accueil des migrants était « en même temps une activité très louable et une œuvre bien délicate ». Puis il le complimenta sur sa mine, avant de s'entretenir brièvement des aléas du soleil et de la pluie, et des récoltes à venir avec son compagnon également perplexe. Enfin, brusquement, il s'excusa de devoir les quitter, en raison, disait-il, d'un surcroit de travail subitement causé par l'inquiétude accrue des ouvriers d'une manufacture d'essieux de carrosses mise en difficulté dans un canton des confins du Berry et du Limousin. C'est pour de telles raisons que l'administration du royaume des énarques reste parfois muette, ou sibylline.

XII

A la manière de Saint-Exupéry
Un Petit Prince dans le désert de l'économie
Macron, un être venu d'une autre planète

I

J'ai vécu seul, sans personne avec qui parler en confiance, jusqu'à une panne sèche dans le désert de l'activité économique, voici plus d'un an. Quelque chose s'était cassé dans le mécanisme de la relance. Je constatais un blocage complet de la courbe statistique des dunes vides de l'emploi. Comme je n'avais pas avec moi d'expert compétent en matière de chômage, je me préparai à essayer, tout seul, un redémarrage difficile. C'était une question de vie ou de mort. J'avais à peine des réserves financières pour six mois.

M'étant endormi, j'ai rêvé que j'étais sur le sable, à des années-lumière de la première Banque centrale. J'étais bien plus désemparé qu'un naufragé sur un radeau devant traverser l'Atlantique à la rame.

Quelle ne fut pas ma surprise, au lever du jour, quand une voix juvénile m'a réveillé. Elle disait :

- S'il vous plaît… dessine-moi un écureuil !
- Hein !
- Dessine-moi un écureuil !

Sautant sur mes pieds comme si j'avais été frappé par la foudre, je me suis frotté les yeux. J'ai bien regardé. J'ai vu un jeune homme qui me considérait le plus sérieusement du monde. Comme en témoigne l'illustration qu'on a gardée de lui, il était vêtu avec élégance et avait un port de tête plein de distinction. Dans ce canton perdu de l'univers, il ne semblait ni égaré, ni indigent, ni même privé de moyens de subsistance, ni apeuré, ni même intimidé. Il paraissait même plein d'assurance.

Intrigué par sa présence pour le moins inattendue dans cette zone déserte, je lui demandai ce qu'il faisait là.

Comme si cette question était superflue, il ne répondit pas. Il se borna à répéter sa demande, tout doucement, mais avec fermeté :

- Dessine-moi un écureuil !

C'est ainsi que je fis la connaissance d'Emmanuel Macron, ce petit prince arrivé comme par enchantement dans le désert de l'économie.

II

Il me fallut un certain temps pour comprendre d'où il venait. Ce petit prince, qui me posait beaucoup de questions, ne semblait jamais entendre les miennes.

Il venait d'une autre planète.

Là-dessus, il ne donnait jamais d'explications. Il me croyait peut-être semblable à lui.

Mais, après avoir tâtonné, je finis par comprendre qu'avant d'arriver auprès de moi dans ce désert de l'économie où j'étais tombé en panne, il s'était formé à l'école des astres.

Un jour, il avait découvert la fleur de l'amour unique, et cherchait à la protéger contre vents et marées : elle avait germé un jour, d'une graine mystérieuse apportée d'on ne sait où. C'était comme une apparition miraculeuse. Elle n'en finissait pas de se préparer à être belle, à l'abri de son écrin de verdure. Elle choisissait chaque jour avec soin les couleurs de sa robe. - *Je suis née en même temps que le soleil*, lui dit-elle un jour, comme il s'extasiait devant sa beauté. Un tel acte de naissance lui parut une garantie absolue pour apporter la paix et la joie au monde qui l'entourait.

Comme j'avais de la peine à lui dessiner un écureuil, je lui proposai finalement de dessiner une petite caisse où le petit animal roux pourrait ranger ses économies : ce serait sa caisse d'épargne. Le petit prince accepta aussitôt ma proposition avec reconnaissance. Gouverner, c'est prévoir.

III

Le jour de son départ, le prince Emmanuel avait mis sa planète bien en ordre. Il avait ramoné soigneusement ses volcans en activité, et même un volcan qui semblait éteint. On ne sait jamais. Les éruptions volcaniques sont comme des feux de cheminée. Et l'agitation sociale se propage si vite, comme une coulée de lave.

Le petit prince commença par visiter la région des astéroïdes.

L'un d'eux était habité par un roi fainéant, le Sire du Pays sans relief : il aurait bien voulu régner, mais par peur de gouverner, il ne prenait jamais de décision, laissant flotter les situations au gré des vents dominants. Pour ce roi, la réussite consistait en ce qu'il ne se passe rien dans son royaume. Le prince Emmanuel s'y ennuya vite, et quitta ce monde clos, par aversion pour ce vide sidéral.

Le petit prince rencontra ensuite un jaloux, qui ne cessait de l'épier du coin de l'œil en lui jetant des regards furieux au moindre de ses mouvements. Très rapidement, il n'eut qu'une idée : fuir cet impossible compagnon qui le jugeait tellement indésirable.

Sur une autre planète, il rencontra un statisticien probabiliste, qui comptait et recomptait sans cesse des proportions d'opinions supposées sur toutes les questions possibles. Ces pourcentages montaient et redescendaient perpétuellement comme des montagnes russes sur ses bulletins, en particulier ses bulletins d'estimation des résultats électoraux futurs et ses sondages de mesure de la satisfaction et du mécontentement populaires. Ces informations changeantes étaient livrées au public avec mesure ou démesure, selon les circonstances.

Ce statisticien probabiliste considéra que le président qui venait d'être élu avec une majorité confortable à la tête de la République hexagonale avait soudain perdu le soutien des trois quarts de ses électeurs. A cela, on donnait plusieurs explications : les uns disaient que c'était parce que sa femme portait une robe trop voyante le jour de la fête des amis des chiffres et des lettres. Les autres, parce qu'il avait oublié de saluer le chef des sapeurs-pompiers le soir du grand bal patriotique. A moins que ce soit le soir du bal patriotique que la femme du président de l'Hexagone ait porté une robe trop voyante, ou, peut-être, après tout, qui sait, une robe pas assez voyante. Les critères des sondages d'opinion sont si subtils, et leurs opérations si compliquées. Et les gens si versatiles…

Enfin, le Prince Emmanuel arriva sur la planète Terre : plus grande, plus belle, plus mystérieuse que la plupart des autres planètes, la Terre était aussi à la fois plus redoutable et plus féconde. Elle abritait sur son sol de plus en plus d'êtres humains, cinq à six milliards, d'après les géographes et les mathématiciens. Contrairement aux plantes, ces hommes manquaient de racines, ça les gênait beaucoup. La plupart du temps, ils étaient obligés de courir dans tous les sens pour trouver leur subsistance, un peu à la façon des oiseaux qui volent dans toutes les directions. Certains devaient quitter leur pays natal pour tenter leur chance sur un autre continent, un peu comme les oiseaux migrateurs. Mais ils n'étaient pas sûrs d'y trouver ni un bon accueil, ni un avenir assuré…

Le petit prince rencontra un renard. Celui-ci voulut lui expliquer la nécessité d'apprivoiser d'autres que soi, pour se faire des amis dans la vie. Parce que, contrairement à certains discours mythiques du monde moderne, il n'y a pas de marchands d'amis. Il faut prendre le temps de créer soi-même des liens, en marche, tout au long de la vie.

Tout en évitant prudemment les chasseurs, ces redoutables prédateurs, le renard accepta d'accompagner de temps à autre le prince Emmanuel. Il lui recommanda aussi de se méfier du serpent caché dans l'ombre.

Chemin faisant, le petit prince avait la possibilité d'apprivoiser d'autres amis. En marche, dans cette nouvelle aventure, voilà qui était nécessaire. Car sans amis, on serait perdu, dans le désert de notre planète.